我 寫 新 作 文 系 列

「我的老師」的60種寫法

何萬貫 主編

我 寫 新 作 文 系 列

「我的老師」的 60種寫法

何萬貫 主編

商務印書館

責任編輯：毛宇軒
裝幀設計：趙穎珊
排　　版：周　榮
印　　務：龍寶祺

「我的老師」的 60 種寫法

主　　編：何萬貫
出　　版：商務印書館（香港）有限公司
香港筲箕灣耀興道 3 號東滙廣場 8 樓
http://www.commercialpress.com.hk
發　　行：香港聯合書刊物流有限公司
香港新界荃灣德士古道220–248號荃灣工業中心16樓
印　　刷：中華商務彩色印刷有限公司
香港新界大埔汀麗路36號中華商務印刷大廈14樓
版　　次：2025 年 6月第 1 版第1次印刷

ISBN 978 962 07 0693 6
Printed in Hong Kong

總序

何萬貫

為了幫助中學生學習寫作，提高語文水平，我們編寫了這一套寫作系列叢書。

這套叢書總的特點是，把寫作知識和範文結合起來。書中，我們把寫作知識分成各種各樣的大小專題，譬如大的專題有文章主題、文章結構、文章取材等等。大的專題下面又分成若干個小專題，比如文章結構下面又分段落和層次、開頭和結尾、過渡和照應、主次和詳略幾個小專題，每個小專題下還有若干個知識點。我們就從這些知識點出發，設計出若干個題目，然後請一些大學生結合有關知識點寫出範文，範文後面附有評語，簡介該範文是否符合設計要求。這樣，讀者在學習有關的寫作知識和閱讀範文的過程中，就可以從理論和實際相結合的意義上去學習有關的寫作技巧了。

這種編排的好處在於，學生在閱讀過程中、在學習寫作理論的時候有了參照文，從而使學習理論具體化，不會感到枯燥。生動具體的學習形式可以提高學生的興趣，而興趣卻是學生學習寫作的內在動機，會使他們喜愛寫作，從而多讀多寫，越寫越有興趣，越寫越有進步。

一個大專題編一本書，所以每本書在內容上也有一個中心。比如關於文章表達方式的這一本書以母愛為中心，關於文章結構的這一本書以父愛為中心，如此等等。在決定書名的時候，以文章內容作正題，以寫作知識專題作副題。因此，讀者除了會從這些書中學習到有關寫作知識以外，還會從範文的內容中受到思想教育，或者從意識上受到薰陶，再或者從思想方法上受到啟迪。

要按照有關設計寫出相應的範文並不容易。有時候初稿寫出來了，發現不符合要求，就要推倒從來。有時候幾經修改，還是覺得不滿意，就得再加工。這些範文的作者，就像許多建築師和施工工人一樣，一絲不苟反覆推敲，使自己的文章符合設計者的要求，頗費一番努力。在此，要向他們表示衷心的感謝。

在這套書的編寫過程中，還得到了許多朋友的支持和鼓勵，在此一併致謝！

關於記敍文

本書是寫作系列叢書的記敍文篇。全書結合具體篇章，講述記敍文的基礎知識，包括記敍文的形式、佈局、題材和文采等等，以幫助讀者加深對記敍文寫作有關問題的理解。

記敍文也稱敍述文或敍説文，是作者用來對人物、事件和環境作概括性交代的一種文體。要寫出一篇好的記敍文，需要下苦功夫。當然，首先要掌握好記敍文寫作的基本知識，了解記敍文的特點。

寫記敍文首先要注意完整交代六大要素，即：人物、時間、地點、事件的起因、經過和結果。當然，在某些情況下，只要不影響到讀者的理解，也可以省略某一要素。

其次，要注意將串連材料的那條線索貫穿全文，以使文章的各個部分聯結成一個整體。記敍文的線索主要有以下六種，即：以時間為線索、以空間為線索、以人物為線索、以實物為線索、以事件為線索及以作者的思想感情為線索。寫記敍文，要求線索清晰、分明。

再次，寫記敍文要注意提煉主旨。一般來説，記敍文的主旨是唯一的，同學們在寫作的時候尤其要注意自己提煉出來的主旨是否唯一。初學者很容易犯的一個錯誤，就是試圖在一篇文章中表達兩個或三個主旨。這個時候，要學會整合、提煉，去掉旁騖，留下最想表達的那個主旨，做到主題集中。

寫記敍文還要注意詳略得當。文章詳略指的是各個材料之間的配合和映襯，涉及到每個材料所佔篇幅的分配問題。一般來説，應該把典型人物、典型事件的材料放在最重要最突出的位置，用足夠的篇幅來表現。其他的材料或側面烘托，或反襯，都應該讓位於典型材料，而不能喧賓奪主。

另外，寫記敍文要注意敍述的方法。記敍文的敍述方法很多，但最常用的無非是順敍、倒敍和插敍三種。順敍是按照事情發生和事物發展變化的順序來敍述的方法。它是敍述的一種最基本方法，敍述的其他方法均與順敍有關。插敍是在原來敍述的過程中插入有關情況，也就是安排在順敍過程中的一段敍説。倒敍是指事情發生的結局或後面發生的事情的一些片段材料提前在開頭敍述，然後按事件發展的順序進行敍述的方法。它可以説是順敍的一個局部變通。

最後，寫記敍文要注意人稱的始終如一。記敍文中常用的人稱是第一人稱和第三人稱。敍述人以作品中人物的口吻進行敍述，即以“我”或“我們”自稱，是為第一人稱。敍述人不以作品中人物的口吻進行敍述，即為第三人稱。第三人稱通常用“他”、“她”、“它”、“他們”指代敍事中涉及的角色。以第一人稱寫出的記敍文，便於直抒胸臆，讀起來有種親切感和真實感。採用第三人稱，則不受時空限制，能從多方面自由敍述，也可以更深入地去表現人的內心世界。

記敍文雖然以記敍為主，但往往也間有描寫、説明、抒情和議論等。總而言之，它是一種形式靈活、寫法多樣的文體。

以上介紹的記敍文的這些基本特點，都在本書的文章中得以體現，讀者可在閱讀時仔細留意和參考每篇文章後面的評語。本書講了記敘文的題材、形式、佈局和文采四個問題。佈局和文采也屬於形式。所以，四個問題實際上可以歸結為兩個，也就是內容和形式。在內容和形式這兩個問題中，內容為第一重要，因為內容決定形式。

記敘文的題材要廣泛，內容無所不包。然而，內容無所不包，並非不用選材。選材是藝術構思階段的主要任務之一。對於記敘文來説，由於重在敘事，所以選材時所甄選的"事"就成了記敘文寫作成敗的一個關鍵。選材廣泛有兩層含義。第一層是説在構思的時候，思路應該發散，喚起的材料應該要豐富。作者動筆之前，在腦海裏喚起的材料越豐富，那麼選擇的範圍就越大，寫起來自然就更能得心應手。第二層是説寫作文章時運用到的各種材料應該要儘量豐富。運用不同的材料，從各個方向表達主旨，才能夠更完美地傳達作者要表達的意思。往往角度越巧妙豐富，文章的表現力就越強。

記敘文的形式要多樣。同內容一樣，形式的多樣也需要選擇。好的文章是內容和形式的有機結合。不同的內容有不同的表達形式，不同的形式也有各自適合填充的內容。所以對記敘文形式的選擇也是作者面臨的重大問題。樹立好的文體意識，最重要的是要準確理解每一種形式所擅長表達的內容。比方説日記體適合夾敘夾議，着重放在主體對事物的感受上。書信體適合直接描寫內心、表達觀點，可以很自然地加強抒情。隨筆適合用平淡的筆調表達對事物的哲理性思考。對這樣的文體特徵的把握，是需要在長時間的寫作實踐中慢慢體會習得的。這裏要強調一點，每種文體的“擅長”也並非絕對，需要通過對具體事例進行具體分析。

記敍文寫作需要長久的練習，才能夠做到遊刃有餘。這是寫作的一個重要內容，也是難題之一。所以，應該勤加練習，廣泛閱讀，從而加深自己對記敍文這種重要文體的理解。內容如此，形式也一樣。在寫作練習中，我們不妨進行各種修辭手法的運用嘗試，如選取靈巧的比喻，更換典麗的詞句，增加典故的使用等，體會每一種修辭手法的內涵。所有這些，都能讓文章顯得更富文采。

本書名為《我的老師》，寫的是教師和學生的關係。古語有云：“一日為師，終生為父。”此話雖然有些誇張，但至少說明師生關係的親密程度，也說明用“尊”和“愛”的原則去處理二者關係的必要。學生是否尊師，不在於學生見了教師有無鞠躬行禮彎腰九十度；老師是否愛生，也不在於有否口頭上向他們噓寒問暖，而在於內心的“尊”、“愛”是否真誠。尊師重道、愛生重教，這就是尊師愛生的正確方向。通過本書的文章，讀者會體會到這一方向的正確。“尊”和“愛”是態度，態度會生發感情。師生之情是真摯的、高尚的、感人的，通過本書的具體篇章，作者同樣會領略得到。

希望大家多讀一讀書中以尊師愛生為題材的文章，同時多寫一些以尊師愛生為題材的記敍文。

目錄

第二章 形式要多樣 55

第三章 佈局要多變 93

第四章 要講究文采 125

第一章

題材要廣泛

記敘文題材廣泛，可以從兩個方面去理解。

首先要明確，可以作為記敍文的題材是非常廣泛的。也就是説，不管是哪一方面的題材，都可以寫成記敍文。生活中的一事一物，人的一言一行，事物變化中的一靜一動，只要有意義，就都可以寫成記敍文。跟朋友的一席談話，記錄下來，可能是一篇好的日記；去爬山，回來可以寫篇遊記；去展覽會逛一逛，可以寫篇參觀記。所以，為了寫好記敍文，在日常生活中必須注意廣泛地搜集資料，盡可能去多接觸一些事物，從社會上的人與事，以致自然界的花木鳥獸，都要多觀察，並把所見所聞記錄下來。

其次，我們還要明白，從整體上來説，記敍文不但要求題材廣泛，而且還要求佔有廣泛的材料。比如要寫好一個人，除了我們平時掌握的一些資料之外，最好能跟對方有所接觸，在與對方交往的過程中取得第一手資料。如果有書面材料，也應儘量去搜集。掌握的材料越多越透徹，把文章寫好的可能性就越大。

現實生活中的素材是取之不盡，用之不竭的。但在選擇題材時，我們應該認真注意做到兩點：新、真。

“新”包含兩個方面。一是角度新。也就是説，我們要善於培養自己的創新思維。如果我們能夠運用想像、聯想等手段，選擇一個新穎的角度，寫出新意來，就可以避免文章的雷同了。二是題材新。也就是說，要寫那些大家沒有或很少寫過的東西。誰不喜歡新的東西呢？新的東西才有亮點，才有看頭！

再說記敍文的"真"。對於記敍文中所記敍的事情，作者必須瞭然於胸，才能把它一五一十地告訴讀者。需要注意的是，選擇的題材要有真實性，所寫的是真人真事，才能感染讀者。當然，題材還要有積極性，要能讓讀者從閱讀中受到啟發，有所收穫。

題材是為表現主題服務的。達到以上的要求，廣泛的題材才能真正發揮它的功能。

文章題目	人稱	重點交代的要素	題材
擬題	第一人稱	幫教授擬題的經過	為教授擬題
蘋果的誘惑	第三人稱	輔導的經過	一次寫作訓練
對不起	第三人稱	老師認錯的經過	老師認錯
打招呼	第三人稱	引導的經過	打招呼和聊天
文、理並不相悖	第三人稱	人物的性格	老師發現學生上課看課外書之後
作文課	第一人稱	人物的修養	一次作文課
母親	第一人稱	去母親家過生日的原因	一次去母親家過生日
心願	第三人稱	公佈成績的經過	發佈成績的日子
作弊	第一人稱	作弊的經過和作弊之後	一次作弊
有師如此	第三人稱	韓老師有這麼多舊舞鞋的原因	一雙舞鞋
送人的獎盃	第一人稱	小綜上台領獎的經過	一個送人的獎盃
最詩意的感恩	第三人稱	散步的經過	一次心路歷程
我的語文老師	第一人稱	拜訪老師時的聊天的經過	一次拜訪
講課	第三人稱	不禮貌行為發生的經過	一次不禮貌行為
老師的一席話	第一人稱	詳細交代結果，即老師的一席話對“我”的影響	一席話
一個認真的人	第一人稱	老師審閱文章及給“我”講解的經過	老師認真批改學生的一篇課文
課堂上的一次“風波”	第三人稱	化解風波的經過	一次風波的化解

擬題

何萬貫

那是 1978 年我在香港中文大學修讀教育文憑課程時候的事了。

一天傍晚，我在學生飯堂吃過飯，便匆匆趕去教學樓，幫助蕭炳基教授擬定閱讀理解測驗選擇題，為他的中文研究工作盡一份力。

教學樓靜悄悄的。蕭教授辦公室的一扇門敞開着，亮着燈。他正在聚精會神地做研究工作。敲門進去後，蕭教授交代了任務，給了紙和筆，我就開始擬題了。

“擬選擇題，那是簡單不過的事。”我高興地想，“先想好問題，再給出四個選擇項，其中一個是正確的，不就這麼回事？！”不到一個鐘頭，我就按數量把題擬出來了。我想，蕭教授一定滿意我的工作速度。

結果完全出乎我的意料，我所擬的題，全部過不了關。蕭教授一一向我解釋：“擬題有特定的要求，每道題都有一定的測試目的。考分析能力？考推斷能力？考應用能力？同一個年級的學生，測試目的不同，題目的深淺難易程度就不一樣。”他說：“在四個選擇項中，正確的那項容易擬，但其他三個‘干擾選擇項’要擬好就不容易了，因為它們的內涵既不能跟正確的選擇項交叉重疊，又不能有‘天淵之別’，讓學生一看就能識別出來，否則題目就沒有甄別力了。”

如果平時在課堂上聽老師講同樣的道理，或許印象不會那麼深刻，但今天面對自己的任務，聽蕭教授這麼一說，我就頗為震撼。我恍然大悟，決心把原來所擬的推倒重來。我擬出第一道獲蕭教授通過的題目時，已經是晚上十一點了。

我告辭出來，教學樓的四周依然寧靜，蕭教授的辦公室依然亮着燈。我忘了問他吃過晚飯沒有，大概還沒有吧！他工作起來總是夜以繼日，廢寢忘餐的。望着蕭教授辦公室的燈光，想起蕭教授刻苦的工作精神，想起他指導我擬題時那種循循善誘的認真態度，我心中不免產生出一種由衷的敬佩之情。我是來幫助他擬題的，表面上是我幫了他，其實是他幫了我。我想，剛才他辦公室的那扇門是為我而開的。在這寶貴的晚上，他不着痕跡地啟發着我應該怎樣做研究工作，為我將來從事研究工作鋪設了道路。

- 文章以第一人稱的寫法，從交代時間開始，引出作者為蕭教授擬題一事，並以此事說明蕭教授值得尊敬，表達對蕭教授的敬佩之情。從擬題這件事可以看出，蕭教授不但有刻苦的工作精神，而且工作態度非常認真，對學生循循善誘。作者體會到蕭教授辦公室的那扇門是為他而開的，更加體會到，是蕭教授啟發着自己應該怎樣做研究工作，是蕭教授為他將來從事研究工作鋪設了道路。作者的這些感受是自然的。擬題一事與作者寫作此文之時已距三十多年。這麼多年以前的事他至今還記憶猶新，說明他對這件事確實難以忘懷，也說明這件事對他日後從事研究工作有着重要的意義。

- 擬測驗題，一般人在作文中比較少涉及。作者以此為題，比較新穎。擬題一事，作者採取了一種粗線條的寫法，寫得比較概括，然而讀者讀來卻不會感到單調，反而會感到親切，很有意味。這是因為，文章寫得"粗"中有"細"，突出了整個擬題過程的"關鍵點"：作者當初把擬題看得很簡單，後來蕭教授的話讓他體會到並非如此。作者用語言描寫的手法，展示了這個"關鍵點"，頗能吸引讀者的注意。
- 全文用順敘的寫法，層層推進，最後點明了主題，順理成章，寫法上比較自然。

文、理並不相悖

廖小玲

“咳……咳……”江老師在講台上故意咳了幾聲，然後看着一個女生——凱琳。

全班同學轉過頭去，都樂了：只見凱琳倒拿着數學書，自己居然還看得津津有味，完全沒注意到周圍的動靜。

“凱琳同學，你習慣倒過來看書麼？”

“啊？”聽到老師點名，凱琳驚呼一聲，把書翻過來一看，紅了臉。

江老師走過去。一瞥眼間，他已看到了幾個字，是雨果的《孤星淚》。他看了凱琳一眼，說：“下課來我辦公室一下。”

下課了，凱琳跟在江老師後面。

“不止一次了啊。”江老師說。

“這個，這個……”凱琳支吾着——她還以為老師是第一次發現呢。

“聽說你作文寫得很好。”

“還可以吧！”索性豁出去了，凱琳故作輕鬆地答道。

“喲，還不謙虛呢。說吧，在雨果的書裏都看出甚麼來了，是不是比我的數學課精彩多了？”

聽到這裏，凱琳臉紅了。但馬上，她就眉飛色舞地講起來。江老師邊聽邊插上幾句——凱琳驚訝地發現，原來教數學的江老師也這麼“精通”文學啊。

“我年輕的時候可是個‘文學迷’呢！”江老師笑道，“我想轉贈給你我當年的數學老師問過我的一句話：‘你有真正認真地聽過我一節數學課嗎？’老師的這句話曾讓我感到很難為情，也促使我下決心要認真地聽聽數學課。果不其然，我很快就迷上了數學。”見凱琳略為所動，江老師進而打趣地說：“只要你能督促自己認真聽我的課，我可不敢保證一個月後，上語文課的你不在演算數學題。反正你有上甲課做乙事的習慣。”

“那好吧，我保證一個月內認真上好您的每一堂數學課！”被揶揄的凱琳紅着臉靦腆地說。

“那好吧，我保證一個月內你的數學成績突飛猛進，你也能從此公平地對待文科和理科。”江老師信心滿滿地說。

結果？正如江老師所料。

- 文章講述的是一個偏科的學生上數學課看文學書，被老師抓住後發生的事情。作者用第三人稱口吻，為我們塑造了一個個性爽快、循循善誘的老師形象。
- 上甲課做乙事而被老師逮個正着，這是大多數學生的經歷，讀者看了也會會心一笑。老師如何解決這種難題呢？文章中的老師並沒有採取“常規措施”——沒收書加訓斥一頓，而是用過來人的身份去跟學生溝通，再用委婉的方式告訴學生文、理並不相悖的道理，使得學生開始對數學產生興趣。
- 文章故事情節很簡潔，主要動人的還是人物的描寫。凱琳是個膽大的學生，面對老師沒有唯唯諾諾。老師也是一個性格爽快的人，並沒有斤斤計較，反而跟凱琳講述自己曾經不喜歡數學的經歷，並以此來鼓勵凱琳。這樣寫來，一個循循善誘的老師形象也就躍然於紙上了。
- 作者通過文章告訴讀者，真正的好老師，並不總是一副只會訓斥學生的權威樣子，而是能和學生交心的師長。

蘋果的誘惑

何其妙

這是一次一對一的寫作訓練，王老師的輔導對象是萌萌。萌萌是個內向的孩子，即便在要好的同學面前也有些沉默寡言。不善於表達的她，每次想到寫作文就頭痛。她寫文章好像擠牙膏那樣，一點一點地擠，凝滯的筆總是寫得不順暢。對這次訓練，萌萌心裏夠緊張的了。

“萌萌，我們這次訓練的重點在描寫。”王老師的話把萌萌有些走神的思想給拉了回來，“如果要你描寫一個蘋果，你會怎麼想？”

“蘋果？”萌萌的眼神有些困惑，蘋果實在太簡單了。形狀？圓的。顏色？紅的。還能怎麼想呢？

王老師好像看穿了萌萌的心思，説：“除了日常中我們看到的那種蘋果的形態，你還能看到甚麼呢？”

這句話好像一把鑰匙，一下子打開了萌萌的思路。萌萌雖然不善表達，但是想像力非常豐富。“如果把蘋果橫着切開的話，會看到蘋果那五角星形狀的心，就像是一個住着小

精靈的房子。還有就是，蘋果的味道好像追尋夢想的滋味，酸甜酸甜的，吃過之後令人回味。"

王老師讚許地點點頭："還有其他的想法嗎？"

受到鼓勵的萌萌想了想，說："蘋果還是我們這次寫作訓練的對象。希臘神話裏的金蘋果是一個誘惑，引發了三位女神的不和。但是，王老師您今天給我的這個蘋果，卻讓我開啟了一扇聯想的窗戶。謝謝您。"

王老師笑了。她早就發現萌萌是個愛幻想的學生，會幻想的人怎麼會不喜歡寫作呢？只是，幻想與表達之間，也需要一個蘋果來"誘惑"罷了。

- 本文以第三人稱的角度，敘述了在一次寫作訓練課上，王老師以"蘋果"為載體，啟發萌萌寫作思路的過程，很好地從側面刻畫了一個根據學生個性"因材施教"的老師形象。
- 萌萌內向，不善於表達自己的思想和感情，"想到寫作文就頭痛"。王老師"除了日常中我們看到的那種蘋果的形態，你還能看到甚麼呢？"的詢問，是對萌萌的啟發，從而達到了開啟萌萌思路的目標。萌萌最後說的話，不僅說明了萌萌理解了王老師訓練的重點，也表達了萌萌對王老師用心良苦的謝意。
- 文章題材選擇的是一次訓練課，能緊扣一件事情進行記敘，不枝不蔓，頗有創新意味。

對不起

陸丹

下課後，李老師剛回到辦公室，就見一班的學生志強來找他。

“老師，不好意思，我想讓您看看這道題……”志強邊拿出試卷，邊説。

“哦？”李老師有些意外，扶了扶眼鏡，接過試卷。那是前幾天考過的數學題。只見志強的試卷上，已經被紅筆打了個重重的叉——儘管看上去，他的答案與標準答案一模一樣。

“我覺得這種演算的方法並沒有錯，雖然走了一些彎路……”志强的語氣裏帶着點委屈，望着老師的目光有些倔強。

李老師笑了笑，道：“好的。你先坐坐，老師再仔細看看……”説完，便皺着眉，根據志強的演算思路推敲起來。

過了一陣，李老師抬起頭來，帶着讚許的目光看着志強：“的確沒有錯，是老師一時粗心了，真對不起！我閱卷的時候，怎麼就沒有認真推演一下你的計算方式呢？”

聽到這句話，志強十分驚訝！半晌，他才結結巴巴地説：“老師……您，您是我見過的第一個對學生説‘對不起’的老師……”説完，他的臉紅了。

李老師一愣，然後坦然地笑了：“錯了就是錯了，錯了就應該道歉。不過，我相信自己今後不會再在這樣的事情上對學生説‘對不起’了，因為你教育了我。”

“我教育了您？您……您可是老師呀！”在志強濕潤的眼裏，矮小的李老師一下變得高大、偉岸起來。

- 本文採用的是第三人稱的記敘形式，通過寫老師一次改試卷時出錯一事來塑造人物形象。老師犯了錯，學生勇敢地指出來，老師不但沒有惱羞成怒，而是坦率地承認，並且向學生道歉，這就是本文的題材。作者選取學習中老師也會犯錯這樣的事件，通過寫老師誠懇認錯，來塑造一位與眾不同的老師形象，使讀者感受到老師的真誠，從中獲得心靈的感動。
- 作者主要通過烘托的方式來寫這個人物，李老師是矮小的，但是他在人格和精神上卻是偉岸的。
- 作者僅僅通過一聲“對不起”，便將李老師的坦誠展露無遺，從側面體現出一個真正的好老師的形象。
- 另外，文章將志強的“委屈”和“倔強”寫得比較真實，體現了他追求真理的心理。

打招呼

方向明

向濤從小在大家眼裏就是個“古怪”的孩子。他不愛說話，也不愛與人交往，走路的時候喜歡低着頭。每每看到熟悉的同學和老師，他常常裝作沒看見，從不主動跟人打招呼。

這天早上，向濤正在走廊上走着，遠遠地看見張老師走了過來。他忙把頭一低，身子往旁邊一側，準備悄悄地“溜”過去。正在這時，只聽張老師略帶驚訝地笑道：“咦，這不是向濤嗎？你這次考試有進步哦，看得出做功課很用心嘛……”

向濤愣了一下，臉紅着，也不知該說甚麼。

張老師笑了笑，朝他肯定似的點點頭，走遠了。

過了幾天，向濤正在報刊欄邊看報紙。裏面有一個專欄，是談軍事的，像甚麼戰鬥機啦、航空母艦啦、雷達啦，都是他的老朋友。隨着裏面的文字一個一個地朝他飛來，他看得入了迷。就在這時，只聽旁邊有人說：“這款戰鬥機挺漂亮的嘛……”

向濤一看，又是張老師。天啦，那不是他最着迷的一款戰鬥機嗎？張老師問他這款戰鬥機的性能，他開始結結巴巴地介紹起來。講到最後，他脫口道：“如果有一天，我也能設計出這麼完美的戰鬥機來就好了！”

聽到這裏，張老師笑了：“理想很遠大呢！不過，一定要多多努力才行哦。”

剎那間，向濤的臉又紅了。但過了一會兒，他抬起頭，一臉憧憬地說："我一定會的。"

又一次，再碰到向濤，張老師發現，他不再躲避了，反而是很熱情地迎上前來，叫一聲"老師好"。張老師聽着，開心地笑了——這可是個聰明的孩子呢！

- 本文用第三人稱的寫法，為我們展現了一個老師引導學生打開心門的故事：向濤是一個內向的孩子，老師每次見到他都熱情地跟他打招呼，並且鼓勵他，最終成功引導這個學生打開了自己的心靈枷鎖。文中"咦，這不是向濤嗎？你這次考試有進步哦，看得出做功課很用心嘛……"，以及"理想很遠大呢！不過，一定要多多努力才行哦"等話語，體現出了老師對向濤的引導，也體現出一個老師對於學生的關注和良苦用心。這是本文的最大亮點。
- 作者為我們塑造了一個耐心而善良的老師形象，讀者看完文章，也不禁對老師的睿智感到欽佩。在這篇文章中，張老師並沒有以一種說理說教的方式來"改變"向濤，而是通過不斷地接近、了解向濤，使得向濤在不知不覺中發生改變，這種潛移默化的力量在教學中往往能起到最大的作用。

作文課

何其妙

丁老師剛剛教我們時，我們都有些奇怪：怎麼會有這麼“矮”的老師？瞧，她蹬着一雙五六厘米高的高跟鞋，往講台後面一站，還只露出肩膀和腦袋；在黑板上寫字時，都只能從中間的地方開始寫……不過，話說回來，丁老師的作文課講得很生動，我們都愛聽。

這天，又到上作文課了。在介紹記敍文寫作要點的時候，丁老師照例又從黑板中間開始寫。寫着寫着，都寫到黑板的最下面了，坐在後排的我開始嚷嚷：“老師，請寫高一點，我看不到……”

有人為丁老師抱不平，說道：“黑板太高了，老師夠不着。”

這時，不知是誰大聲說了一句：“不是黑板太高，是老師太矮了。”這一下，全班同學都笑了起來。

丁老師的臉紅了。她愣了一下，緩緩轉過身來，面朝我們，笑道：“是啊，同樣一件事情，我們可以從不同的角度來看。比如說，老師不能從黑板的最上面開始寫這件事情，既可以從黑板的角度來看，說是黑板太高；也可以從老師的角度來看，說是老師太矮。作文也一樣，從不同的角度、用不同的眼光去觀察，就會發現同一樣事物也可以有不同的風景。因此，只有仔細、全面地觀察，寫出來的人和事才會活靈活現，讓人感同身受。”

接着，她微笑着頓了頓，又說："不好意思，我沒有注意到後面同學的感受，我以後儘量往上寫一點……"

我們都愣住了——老師沒有生氣，反而將自己作為範例教我們如何寫作文。這，太出乎意料了。而我，此時只覺得自己比丁老師矮了不知多少。

- 一個矮個子老師上課的時候遭到同學的嘲笑後，並沒有生氣，而是拿自己作例子，講述從不同角度看事物的重要。這樣，既化解了自己的尷尬，同時也給學生上了難忘的一課。被學生奚落，這對老師而言是件非常難堪的事情。可丁老師卻能正視這一點，並巧妙地化解了自己的尷尬，從而贏得了學生們的尊敬。
- 文章從普普通通的日常生活場景中，抓住令人感動的細節，並通過生動的語言表現出來，富有真情實感。
- 文章以第一人稱形式寫就，重點寫丁老師被學生嘲笑後的反應，凸顯了矮小的丁老師修養上的高。

母親

伍向林

每次生日，我都要帶上妻小，驅車趕到母親的住處享受一番。在那裏，我除了可以享受到母愛，更可以享受到與我同一天生日的六位異姓兄弟姐妹的情誼。

“吃飯前要洗手。吃飯的時候不要大聲説話，這樣不文雅，也容易噎着……”母親發出了一道道指令。而我們這些或年長，或年輕的子女，總是乖乖地按照母親的話去做，就像我們小時候一樣。而後，母親總是微笑地看着我們品嚐佳餚，自己卻吃得很少。

看到這裏，可能大家都能猜到，其實我的母親是一位早已退休的孤兒院院長，同時也是一位慈祥無比的老師。因為她的慈愛，孩子們都自覺自願地叫她母親。可自從退休後，為孩子們操勞了一輩子的她，深深地感受到了沒有孩子的孤獨與落寞。

也不知道是誰帶的頭，去母親家過生日，成了我們這些兒女之間一條不成文的規定。從那以後，母親的眼中重新有了光亮，母親的教誨重新散發出了睿智的光芒。

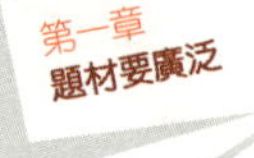

我熱愛我們慈祥的母親，我敬重奉獻他人、無私的母親，我為自己是她眾多兒女中的一員而驕傲。因為是她教會了我怎麼做人；因為是她讓我懂得了人間的真愛與真情，因為是她讓我成為了一個有用的人！

- 文章從一個側面，寫了這樣一位平凡而偉大，慈祥而嚴格的老師。這篇文章和以往讚頌老師的文章不同，取材十分新穎，能吸引讀者的眼球。
- 文章使用的是第一人稱，雖然是寫老師，可作者並沒有從學生的角度寫老師，而是從兒女的角度寫老師，凸顯了老師的形象，視角也很新鮮。“世上只有媽媽好”，可世上卻有許多人失去了母親。世上同樣也有許多充滿愛心，無慾無求，一心為了這些“苦孩子”的女性，她們名為老師，實際上卻擔當起了這些孤兒的母親的責任。
- 文章重點是寫去母親家過生日的原因，寫得很動情，具體事例的安插也符合感情表達的需要，抒情恰到好處。文章真實而自然，能使讀者獲得心靈的感染。

心願

曾日光

又到公佈成績的日子了，小梅的內心忐忑不安。她知道自己又沒有考好——可能是班上的最後幾名吧！每次到了這種時候，她總恨不得能有條地縫讓自己鑽進去，並暗暗祈禱着：不要公佈成績，不要公佈成績——她害怕看到老師或者同學那種鄙夷的目光。可每一次，老師都會將大家的成績當着全班同學的面一個一個地報出來，以此來督促大家努力學習。這時的小梅只能埋着頭，躲在一堆書裏，等待這一"殘酷"時刻的到來。

奇怪的是，這一次，新來的王老師似乎一點也沒有當眾宣佈成績的意思。相反，她拿着那張成績表和一支筆，每走到一個同學面前，便在同學的筆記本上寫下一個分數。只見她時而微笑，時而嚴肅，時而俯下身子在同學耳邊說着甚麼。等走到小梅跟前時，她微笑着看了小梅一眼。小梅的心立刻"砰砰"地跳起來——自己，考得很差吧？此刻，只見老師翻了翻成績表，用筆在她的本子上寫下：69 分。看到這個分數，小梅的心沉了下去——還是這麼差，不管她怎麼努力，還是這麼差！她的眼淚馬上就要下來了。忽然，她聽見老師在耳邊輕輕地說道："不錯，比起上次，進步了哦。加油，你一定可以做得更好！"小梅一轉頭，看到了老師的目光——關懷

的、鼓勵的，可就是沒有一點輕視的味道。她點了點頭。於是，老師朝下一個同學走去。

從那以後，小梅不再害怕公佈成績了。她一步步地給自己設定目標，並不斷地朝着那個目標努力。她有個小小的心願，那就是每個下一次，當老師走過她身邊的時候，依然還能聽到那句：不錯，進步了哦，加油！

- 文章用第三人稱去寫，以小梅對待公佈成績這件事情的情感變化為線索，展現出王老師對學生的尊重和體貼。在實際生活中，每個成績不大好的學生，可能都不願意自己的成績被公佈，因為這會讓他沒有面子。王老師正好就是看到了學生的這一心態，採用了分別告知和鼓勵的辦法，在充分尊重和滿足了學生自尊的同時，更重要的是讓學生看到了下次考試的希望，讓學生重新燃起了學習的熱情。一個老師能通過自己一些細小的行為改變達到如此之好的效果，難道不是很大的成功嗎？
- 文章的最後點題，實際上於無形中傳達了小梅對老師的感激，以及由此而激發出的學習興趣。文章佈局行文都緊扣要點。小梅的心理變化寫得活靈活現，讓人如見其人。

作弊

袁易達

考試快結束了，我百無聊賴地坐着。突然，後面的丁英戳了戳我，緊接着一個小紙團拋了過來，剛好丟在我的試卷上。

我嚇了一跳，慌忙用手捂住小紙團，抬起頭看了看，只見老師正背對着我朝另一個方向走去。我舒了一口氣，小心翼翼地打開小紙團，發現裏面寫着："選擇題，拜託！"

原來是這樣！丁英她……想到這裏，我再次看了看老師，只見他仍站在比較遠的地方。於是，我攤開小紙條，照着答案抄起來。抄完了，我把小紙團握在手裏，偷偷往後遞去。正在這時，老師"神奇"地轉過身來，幾步走到我的面前，也不說話，伸出一隻手，望着我。

我的臉"唰"地一下子就紅了，將遞出去的手縮回來，乖乖地把小紙團放到老師手上。

他看了看小紙團，又看了看我，還是甚麼話也不說，走開了。

考試依然繼續。我懊惱地想："他會怎麼處置我呢？"

放學後，我和丁英被老師留了下來。

"知道錯了麼？"他問。

"知道。"我和丁英齊齊小聲答道。

"是在欺騙自己，還是在欺騙老師呢？"

沉默。

過了半晌，他又說道："成績會比誠實更讓你們覺得光彩嗎？"

聽到這裏，我的眼淚就流下來了。再看丁英，臉上也是青一陣白一陣的。

"以前我的老師跟我說過一句話，我也同樣送給你們：響鼓不用重槌。因為我相信，經過這次以後，你們會明白甚麼才是生命當中更有價值的。"說完，他轉過身，一個人走了。

這一次，儘管沒有受到任何"懲罰"，可老師的話至今仍刻在我的心裏。它時時警醒着我，要我做一個誠實的人。

- 文章選擇了學生學習生涯中犯禁的"作弊"為題材，很能吸引讀者的目光，且用第一人稱寫作，因而更真實感人。文章寫的是兩個存在僥倖心理的學生在考試時試圖作弊，結果被老師發現，內心忐忑不安。但是，老師並沒有採取過激的方法懲罰學生，而是將這次作弊化解於無形之中，使學生認識到自己的錯誤。
- 人物形象的塑造十分成功，不論是主要人物老師還是次要人物"我"，都栩栩如生。"我"的緊張和心虛，老師的寬容與教誨，都寫得很生動而真切。尤其是通過"我"的膽怯與最後的感激來襯托老師的溫和，又通過老師的語言描寫，描繪出一個寬厚的師長形象。
- 本文以敘事為主，卻以寫人取勝，文筆質樸自然。

有師如此

方景清

因為瘸腿，由舞蹈老師改行為聲樂老師的韓老師，望着自己面前那 99 雙面料、顏色各異的磨破的舞鞋，嘴裏喃喃自語："快了，再添一雙她就要成功了。可世事難料，誰又能保證磨破 100 雙舞鞋的人就一定能成功呢？哎……"

熟練地繫好舞鞋鞋帶，隨着一陣優美的旋律，她熟練、優雅地旋進了舞池的中央。在觀眾眼裏，柔美的音樂和她輕盈的舞姿結合得是那麼的天衣無縫，每一次托舉，每一串旋轉都是那麼的完美無瑕。突然，她感到自己舞鞋的鞋尖穿孔了，但這對於腳趾早已磨出了老繭的她並不構成威脅，她仍自信、自如地跳着，最後完成了全部的動作。連續謝幕三次，可台下的觀眾仍如癡如醉地起立鼓掌。她知道自己成功了。卸下舞妝，她提着磨破的粉紅色舞鞋，快步走向了郵局。她也記不清，這是自己寄給韓老師的第幾雙破舊的舞鞋了。她心裏期盼的是，要讓老師來分享自己的快樂和成功。

師從韓老師的她，自幼就是韓老師的"寵兒"。她的天賦和身材，她的努力和自信，都讓韓老師堅信，她將來一定是個出類拔萃的芭蕾舞舞者。可不幸的事情發生了，一次意外的托舉失誤，讓已經不算年輕的韓老師，為了接住她而折斷了自己的脛骨，最後因此而瘸腿。

在考上舞蹈學院與韓老師臨別之際，韓老師贈送給她一本精美的筆記本，扉頁上寫着："梅花香自苦寒來。當你磨破100雙舞鞋之時，也就是你成功之日。"

今天她成功了，今天她又要寄出她磨破的舞鞋給自己的尊師了。可除了韓老師外，這世上恐怕再也沒有第二個人知道，這，到底是她磨破的第幾雙舞鞋。

- 本文採用第三人稱的形式，選取了生活中一個極小的片段——給老師寄去磨破的舞鞋，從而表現出一個孩子成功的不易，以及一個老師對自己學生成功的付出與期盼。
- 文章主要是寫她寄出磨破的舞鞋給韓老師的原因是為了跟韓老師分享自己的快樂和成功，而韓老師收集收到的舊舞鞋既是為了能見到她的成功，又是對她的鼓勵和鞭策。
- 文章的結尾是本文的一大亮點：就連事主本人可能都記不得的事情，她的老師卻很清楚，體現了韓老師對她的愛護與關心。

送人的獎盃

高力行

電話鈴聲驟響，我拿起聽筒，只聽見小綜在電話裏興奮地說："媽媽，請趕快來學校，我獲得了數學金獎！馬上要頒獎了，我想請你與我共同分享這一榮譽，你可是我最最親愛的媽媽呀！"

我開玩笑地說："這下好了，媽媽的生日禮物不要別的，只要你的那個獎盃就可以了。"聽到小綜的連聲允諾，我愉快地掛上電話，開車直奔小綜的學校而去。

禮堂裏坐滿了人，活動已在進行中，可我仍被安排在了第一排的座位上，誰叫我是金獎得主的媽媽呢。"下面請金獎得主熊綜和他的輔導老師共同上台領獎。"主持人終於說出了我心中最期盼的話語。在一陣暴風雨般的熱烈掌聲中，只見小綜和另外一個老人走上了領獎台，想必那位老人就是小綜經常提起的那位輔導老師吧。在台下學生一片豔羨的嘖嘖聲中，小綜從主禮嘉賓手中接過了金光燦燦的獎盃。在主持人要求小綜發表獲獎感言的時候，只見小綜吭哧吭哧地站在麥克風前，只是親吻和撫摸着獎盃，一句話也說不上來。突然，小綜轉身，將獎盃塞進輔導老師的懷裏，然後回過頭對着麥克風流利地說："媽媽，請你支持我，我原本要將獎盃送給你的，可我現在決定了，我要將我的獎盃送給即將退休的

我的輔導老師劉老師。他一生中讓許多的學生獲獎，可自己連一個獎盃也沒有。”

全場爆發出雷鳴般的掌聲，只有劉老師除外，可在他的臉上，卻早已老淚縱橫。

散會後，小記者對我進行了採訪，問我對小綜的行為有甚麼感想。我的回答是：除了驕傲還是驕傲，因為我的兒子懂得了感恩！

- 這篇文章以第一人稱去寫，從一個母親的視角，記敍了兒子把獎盃送給輔導老師這件事，表達了兒子對老師的尊敬與愛。
- 文章的細節描寫很到位。剛拿到獎盃的小綜很激動，只是“吭哧吭哧地站在麥克風前，只是親吻和撫摸着獎盃，一句話也說不上來”。可是將獎盃送給老師後，他講話卻很流利。老師聽到小綜的話時的老淚縱橫，更增加了文章的真實性和人物的生動性。文章的結尾通過母親之口，總結了全文：一個懂得感恩的兒子，令母親更加驕傲！

最詩意的感恩

何其趣

“如果還有甚麼特殊的說明，請在月底之前告訴我們。”出版社的朋友在電話裏說了這麼一句。

“當然，當然。真是太感謝了！”

“哪裏的話。那好吧，最後再次祝你的詩集暢銷！”

“謝謝。多虧貴社幫忙。”

掛掉電話之後，詩人若有所思。詩集即將出版。裝幀、版面都會在月底出來。雖然沒有桂冠，但是在這個消費時代，能夠成功出版詩集，大概已經是詩人的一個很大的榮譽了吧。想到這裏，他難免有一點興奮。

他披上外套，打開門，到外面散步。初春時節，濕潤溫暖的氣候讓他感到非常舒適。這樣閒適的心境太難得了。大概也是因為心中微喜，才有這份明悅的心情。要不然，閒適就要成為閒愁了。詩人嘛，感覺總是敏銳的，目光總是苛刻的。

他走到小橋上。河水在腳底下流淌，似有若無的水聲倒是讓這個春天顯得更加誘人。

他遠眺，忽然看到遠處三五個孩子正伸長了脖子，目光跳過畫板望着他，又或者是望着他腳下的橋。他們的繪畫老師，在孩子之間走來走去，指指點點。原來他們是來寫生的學生和老師。

那老師，大概是拿着為孩子們打開美麗大自然的一扇門的鑰匙的人吧！

他忽然想到了甚麼，拿出手機撥通了出版社的電話：

“請在書的扉頁附上一句話：‘謹以此書獻給我的語文老師——林清山先生！’”

……

- 文章以第三人稱的形式，給我們講述了一個詩人恬淡卻耐人尋味的心理歷程。一個詩人在詩集即將出版之際出門散步，因為看到寫生的孩子們和他們的老師而忽然有所感悟，決定把自己的新書獻給自己的語文老師。
- 作者選取的題材本身就很動人很詩意，猶如“清水出芙蓉”，根本不用作者用太華麗的筆調去粉飾，而只需用素淨的語言即可將這個事情的經過記錄下來。“那老師，大概是拿着為孩子們打開美麗大自然的一扇門的鑰匙的人吧！”這一句話，既是詩人對寫生孩子們的感慨，又是對自己和自己老師的感慨。整篇文章結構短小而精煉，能使讀者獲得一種詩意的感動。

我的語文老師

方志敏

寒假回家，我特地去看望那已退休的小學語文老師。她一直都很關心我的成長。除了大學給她寫過幾封郵件外，我就再也沒聯繫過她了。

到了她家，我按了按門鈴。只聽裏面“哎”了一聲，門打開了，是一張熟悉的面孔，只不過比以前顯得滄桑了些。我恭敬地叫道：“張老師……”她先是愣了一下，然後開心地笑道：“是你呀，快請進……”

坐下之後，我們閒聊起來，我向她述説我這幾年的大學生活以及在小學時種種有趣的事情。突然，她“哎呀”一聲，像想起了甚麼似的，問我：“你那時文章寫得可好呢，這幾年有沒有多練筆，寫稿子出去投投？”

我臉紅了，結結巴巴地說：“沒有呢……學習太忙，一直都在寫論文……”一面説，一面低下頭，覺得自己找了一個多麼拙劣的藉口。

“哦……”她體諒地看了看我，又説，“也是，進大學了，壓力挺大的。不過，以前的根底如果完全放棄了也是挺可惜的，閒時還是多練練比較好。畢竟，能寫得一筆漂亮的文章也是件值得驕傲的事情。”

我點點頭，覺得很愧疚——張老師對我的期望這麼高，可我……她應該很失望吧。

過了一會，她興高采烈地拿出我們班以前的畢業照，指着上面逐個逐個地評説。我很驚訝，已過去差不多十年了，張老師對我們的名字和動向居然瞭若指掌。

看着我不可思議的神情，她淡淡一笑："要知道，你們這個班的孩子一直是我的驕傲！"

聽到這裏，我的眼睛濕了。原來，她一直把我們當成自己的孩子——縱然我們已經別離多時，可她還是始終惦記着我們。

- 這篇文章文筆細膩親切，主要交代"我"與老師見面之後聊天的過程，通過短短的對話，將老師對"我"以及其他學生的關愛之情展露無遺，而"我"對老師的又恭敬又愧疚的心情也寫得比較入神。真實的情感體現使得文章增色不少，能使讀者感受到師生之間濃濃的溫情。
- 文章結構緊湊，人物形象鮮明，具有較大的感染力。文章中的"我很驚訝，已過去差不多十年了，張老師對我們的名字和動向居然瞭若指掌"，"要知道，你們這個班的孩子一直是我的驕傲！"都很好地體現出了老師熱愛學生這一文章主旨。
- 文章敍事採用的是第一人稱，使文章絲毫不顯得矯揉造作，反而給讀者一種樸實生動的感覺。

講課

何其趣

“今天，我們這節課講的是……”江老師的第一句話還沒講完，台下已經有人偷笑起來了。他清了清嗓子，想繼續講下去，可那嗓音實在有點像老鼠的吱吱叫聲。

台下還是有人竊笑着。

終於，他有點生氣了：“有甚麼好笑的？還不都是因為你們的緣故……”

笑着的學生低下了頭。不過，聽着自己那嘶啞的怪怪的嗓音，他也覺得有點可笑，因此心裏早就原諒了那些偷笑的學生。於是，他又繼續講課。

終於，下課的鈴聲響了，他朝自己的辦公室走去，準備多喝些水。這時，只聽後面有人清脆地叫道：“老師，老師……”

他回過頭去——是剛剛笑他的學生中的一個。

“有甚麼事情嗎？”他啞着聲音問。

“對不起，我們剛剛不是故意的。”女孩紅着臉。

他笑了，說：“沒關係的，回去吧，老師沒有生氣。”

女孩看着他，半信半疑地問：“真的嗎？”

他點點頭。女孩放心了，飛快地往教室跑去。

第二天早上，他再次來到課室的時候，忽然發現講台中央放着幾盒喉片，下面壓着一張紙條，寫着：“老師，對不起，

希望您的嗓子早日好起來。”

看完，他的心一下子變得暖暖的，朝台下說：“謝謝你們。昨天，老師的語氣重了，大家不要往心裏去……”

話沒說完，學生們已經拍起手來，他們用這種方式表達着對他的尊敬和喜愛。掌聲中，江老師的眼睛濕潤了。

- 老師嗓子發炎後，聲音嘶啞，學生們覺得好笑，後來又覺得這樣不禮貌地對待老師是不好的事，於是一致向老師道歉。
- 本文以第三人稱的形式，寫了這樣一件事，以質樸的具體內容取勝。老師生病後嗓子不舒服的困窘是事情的起因，學生們的不禮貌，女孩和其他學生的真誠的道歉是事情的經過，學生們的掌聲和老師的感動是事情的結局，全文的脈絡十分清晰。
- 文章沒有從學生的視角出發，而是從老師的角度出發，用老師的眼睛見證了學生們的心理變化，因而使文章更為自然真實。

老師的一席話

梁文德

升上中學後，小學時那個永遠受人關注，總是被老師寵愛着的我不見了，我成了牆角下那株無人理睬、默默無聞的小草。

中學的生活無法吸引我，就連我最喜歡的繪畫課也變得如此乏味。正當我一個哈欠還沒打完的時候，我猛然發現講台上漂亮的女老師手中正舉着一幅畫。啊，那可是我上一堂課的"傑作"啊，我驚訝得連打哈欠的嘴都閉不攏了。還在懵懂與清醒之間，我似乎聽見老師提到了我的名字，我一個激靈，完全清醒了。"大家看看，大家看看，這斑斑駁駁色點的效果，難道不能讓人感受到陽光和空氣的顫動？難道沒有讓你們感受到初春陽光的蘇醒？開學第一堂課後，我就跟你們的班主任陳老師說了，說她具有繪畫方面的天賦異稟，可陳老師只承認她數學方面的才幹……"

這是在說我嗎？這是對我的評價？難道老師們在開學的第一天就開始了對我的關注？可我又偏偏變得渾渾噩噩？不過這是我最後一次犯渾了。

這天放學，我的心情開朗了，覺得周圍的一切不再陌生，而且是那麼可愛而富有生機。這一刻，我才知道，老師的一席話對我產生了多麼大的影響。他們對我的關注徹底改變了

我的心境，給我增添了信心，給我指明了前進的目標和努力的方向。

人的一生，總是在期待着他人的肯定，為甚麼會這樣？因為肯定是繼續前進的動力。小孩期待家長的肯定，職員期待老闆的肯定，而學生呢，則是期待老師的肯定。一句話，被期待者是期待者敬仰和崇拜的對象。道理就這麼簡單。

- 本文對於題材選取了最能表現主題的老師的一席話，即老師對"我"一幅畫肯定的話，充分體現出了老師恰到好處的言語給"我"產生的極大影響。同時，將一個關愛學生的老師形象生動地展現在了我們面前。本文的主幹是老師的一席話，這也成為"我"改變的契機。文章最後闡明了每個人都需要肯定這樣一個道理，並且含蓄而明確地告訴讀者，"我"對肯定自己的繪畫老師是敬仰和崇拜的。
- 本文採用的是第一人稱的敘事形式，因此內容也就顯得更加真實和感人了。

一個認真的人

鄧秉正

一年夏天，我到北京去旅遊，北京的繁華、莊嚴和恢弘大氣讓我大開眼界。

回到家裏好幾天了，我的心還流連在故宮的迴廊上，漂浮在未名湖的清波裏。於是，我一時興起，揮筆寫下了一篇關於北京的遊記。也許是為了顯擺自己的文采，也許是為了找一個分享的對象，我打開郵箱，把我的大作發給了好友麗雯。

少年時光總是快樂的。很快，我就把這件事情淡忘了。但出乎意料的是，幾天之後，我的中文老師找到了我，手裏拿着我那篇《北京遊記》的打印稿。很快，我就知道了事情的原委：原來我在發電子郵件給麗雯的時候，一時粗心，把郵件發到了中文老師的郵箱裏。

但老師似乎並不介意這些。他打開稿件，只見上面用五顏六色的筆標了很多記號，一看就知道那是他精心修改過的。接着，他非常認真地給我講評起我的那篇"大作"來。他還一邊講解，一邊從電腦上翻出很多景點的圖片，就連我在描寫景點時方位上的錯誤都給我指了出來……

我一直認為：世界上的事情最怕"認真"二字，世界上最難得的，也就是"認真"之人。而中文老師對待學生和對待教育工作的這份"認真"勁，委實讓人敬佩不已。

- 文章採用第一人稱的寫作手法，以“一個認真的人”為題，寫了一個工作態度認真的老師的故事。“我”誤將原本要發給朋友的文章發了給老師之後，老師卻毫不在意“我”的馬大哈，反而將“我”的文章認真審閱了一回，並給“我”講解。以這種題材來反映老師對教育工作的“認真”，對學生成長的關懷，比起直接寫老師的無私奉獻和愛崗敬業來說，更加有說服力，文章讀來也更有趣味。
- 文章結尾一段用頗有哲理的語言反覆提到“認真”兩個字，照應了題目，深化了主題。

課堂上的一次“風波”

元方

“哇——”的哭聲打破了原本安靜的課堂。方老師尋聲望去，看見了滿臉淚痕的小清和旁邊一臉桀驁不馴模樣的炳強。

看到這情景，方老師已猜到了大概。炳強是課堂上調皮搗蛋，課後還常和同學鬧矛盾的學生，很不受老師、同學的喜歡。

方老師走過去，正準備狠狠地批評炳強，但卻看到了他有點害怕，又有點自責的眼神，於是先向小清問道：“小清，你能告訴老師你為甚麼哭嗎？”

“因為炳強！老師你上次交代了，我們這次的圖畫課要帶毛筆和墨水過來的。可是他忘帶了，就硬搶我的，還把我的白紙給弄髒了。”小清哭着說，拿起沾有幾點墨汁的紙來給方老師看。

“老師，不是這樣的，我只是想要和小清一起畫畫，我的構思比她的好。”炳強立刻爭辯道。

“一起畫？畫甚麼呢？”方老師望着炳強說。她知道炳強這是為自己開脫，但又覺得他既然為自己辯解，就說明他知道自己錯了。

“大黑貓！”炳強順口說道。

“我知道了，有一次小清在課堂上說自己最喜歡的動物是貓，所以你才想和她一起畫貓，是吧？”方老師問。

炳強連忙點頭。

方老師笑着說："小清，你會願意和炳強合作的，是嗎？"

小清同意了。這是炳強和同學的第一次愉快合作。合作的結果是，小清畫紙上的墨點變成了一隻目光炯炯的大黑貓和幾隻蜷縮着的小黑貓咪。

課後，方老師跟炳強談話了。大家都不知道方老師跟炳強講了甚麼，但後來炳強的改變是大家都察覺到了的。

一年後，方老師因故要轉到其他學校去教書。送別的時候，炳強哭得最傷心……

- 這篇文章寫的是一個有趣的化解風波的故事。炳強為了掩飾自己的錯誤而向方老師撒了個謊，但方老師雖已識破，卻能以一顆包容和關愛之心對他予以諒解，給他改正錯誤的機會。而炳強則是以自己的行動回報了老師的寬容：他竟然頗具創意地和同學一起創作了一幅圖畫，並通過這一次的合作緩解了和其他同學的關係。這個化解風波的經過寫得具體而生動。
- 文章以第三人稱的形式，從一個獨特視角告訴大家，在老師和學生這一關係中，老師有時是處於主導地位的。一位老師倘若能真正關心學生的發展與進步，並努力地付諸於行動，那麼任何一個學生，即使是平日裏表現欠佳的學生也都會有克服缺點、不斷進步的決心。這樣的教師才無愧於"人類靈魂的工程師"這一稱號。這也正是本文立意之所在。

第二章

形式要多樣

記敘文題材的廣泛性決定了記敘文形式的多樣性。常見的記敘文形式可劃分為以下四大類，即側重記人、記事、繪景和狀物。從狹義上進行劃分，又可體現為遊記、日記、參觀記、回憶錄、消息、通訊、特寫、報告文學以及書信等等；從廣義上來說，記敘文還包括帶有記敘性質的文學作品，如小說和散文等。

記敘文不但要記敘事件，而且要深入到人的主觀精神世界。客觀事物和主觀感受的多樣性，決定了記敘文的形式也要隨之變動。一成不變的文體形式是不存在的。這就如同每個人應該根據自己不同的體型和年齡，去穿着不同的衣服一樣。"量體裁衣"這個詞語用在這裏很合適，即好的題材（人）要配備好的形式（衣服），才能相得益彰。

記敘文的形式如此多樣，我們究竟應該採用哪種形式去寫才最為合適呢？實際上，記敘文的每種形式都具有某種對現實社會內容的表達功能。在熟知了它們的前提下，作者在表達同一思想內容時，可以在對等的種種方式中進行選擇，即選用最恰當的表達自己思想內容的形式外衣。加上每種文體的"擅長"也並非絕對，所以這就更加需要通過具體事例加以分析，然後再做決定了。

總之，好的文章應該是題材和形式的統一。文章的題材決定了形式，而選擇、運用哪種形式，取決於表現對象的特點。需要注意的是，這種劃分不是絕對的，一種記敘形式只要運用得當，是可以適應多種題材的。這種題材和寫作形式之間的相互依賴與制約，需要我們在長時間的寫作和閱讀實踐中慢慢體會和把握。

文章題目	題材	主旨	形式
成長日記	音樂課上老師鼓勵“我”	表達了對何老師的感激之情	日記
老裁縫與小裁縫	一個關於老裁縫和小裁縫的故事	要尊師	故事
教師節的賀卡	送賀卡給老師的原因	對老師的感激和敬佩	回憶錄
青草地上的成長	一次成功的燒烤活動	老師迫切渴望學生成長起來	日記
漫記張老師的辦公桌	張老師辦公桌上的東西	老師熱愛工作，學生敬愛老師	隨筆
曬書	“我”和爸爸一起曬書	感激張老師嚴厲教導我	日記
家長也敬師	家長日裏，“我”與潘老師的交流	老師愛孩子甚至超過了孩子的父母	訪問記
給老師的速寫	“我”為老師畫一張速寫	表揚老師任勞任怨、關愛學生的精神	速寫
魔力“沙龍”	賀老師展現沙龍活動的過程	突出了沙龍的魔力，反映了老師的良苦用心	隨筆

文章題目	題材	主旨	形式
師恩如海	寫老師如何幫助“我”	歌頌老師質樸的愛	散文
真正的敬意	建築設計師在大廳加上裝飾性的柱子	透視出學生對老師的敬意	故事
一位差等生的轉變	“我”指出胡老師論證幾何題時的錯處	吾愛吾師，吾更愛真理	隨筆
師者風範	國畫大師解釋徒弟不向外界透漏自己師從何人的原因	國畫大師對徒弟的苦心栽培	訪問記
練球先練氣	隊長以“練球先練氣”的策略指導網球球員練習	隊長和教練用心良苦，希望隊員有好的球技	隨筆
仇人還是恩人？	陳老師六年前拒絕了“我”，現在卻推薦“我”	展現了陳老師的愛生情懷	回憶錄
一份特殊的成績單	“我”不認真寫字的態度及後來的變化	說明了老師的話對學生有深遠影響	隨筆
鐵包公	“鐵包公”嚴厲對待學生	體現了老師的嚴厲是為了學生的成才	隨筆

成長日記

文思聰

2009 年 4 月 6 日，星期一，晴天。

音樂課上，老師讓我站起來唱一首歌。剛開始時，我緊張極了，生怕自己唱不好，讓同學們笑話。結果，第一句就唱錯了。有同學開始竊笑。

“請大家不要笑，她的聲音很好聽。”教音樂的何老師溫和地笑着鼓勵我，“沒關係的，很棒，繼續唱好後面的，跟着我鋼琴的節奏。”

我照着老師的話小心地唱起來。沒唱幾句，原本有些嘈雜的教室開始靜下來，同學們開始認真地聽我唱歌。

“聲音可以稍微再大一點。”老師鼓勵道。

我壯了壯膽，聲音也越來越響亮了。

歌聲落下，老師居然帶頭為我鼓起掌來。我受寵若驚地望着老師，老師呢，笑吟吟地看着我。感受着同學投來的羨慕的眼光，我不好意思的臉紅了，但心裏還是甜絲絲的。

令我想不到的是，下課後，班長找到我，説想讓我在課外唱歌活動中擔任領唱。我沒有多想，乾脆地答應了。有甚麼理由拒絕呢？我也是班級的一份子呀。同學們開着玩笑説：“你還真是‘真人不露相’啊！以後班上組織文娛活動，可少不了你。”

我感覺心中有一個火把在照耀，照得心裏暖烘烘、亮堂堂的，而點燃這個火把的，就是何老師。

何老師的一次真誠的鼓勵，讓我忽然間發現了自己的長處，自己的才藝，自己的信心。今天，我不但在唱歌方面充分發揮了自己的天賦，還有了大夥公認的優雅台風。我真想對世界大聲地喊："我好高興，我已不再是那個懵懂的小孩啦！"

- 這是一篇日記體的記敍文。文章用第一人稱記錄了"我"因為老師的適時鼓勵而發現了自己的優點，從而產生了對自己的信心這樣一件事，表達了對何老師發掘自己的感激之情。
- 從文體角度來說，這樣的日記行文較自由，語言傾向於活潑，讀來給人一種輕鬆的感覺。尤其是文章結尾處的心情揭露，主人公歡呼雀躍的形象呼之欲出，成為全文的亮點。
- 記敍文要素眾多，寫作時應該有所側重，否則不容易突出中心思想，而本文重點表現的是老師鼓勵"我"這個事件所產生的結果。

老裁縫與小裁縫

秦風

小時候，我曾經從奶奶那裏聽來這樣一個故事：

在我家鄉的小鎮上，有一家裁縫店。店裏的老裁縫遠近聞名，不僅手藝好，而且為人也很厚道，因此裁縫店生意興隆。

生意紅火了，老裁縫一個人忙不過來，便招了個年輕小伙子做幫手。老裁縫果然眼力不錯，新招來的小裁縫不僅虛心好學，每天跟着師傅忙前忙後，問這問那，還跟老裁縫一樣老實厚道。

一天，老裁縫要出門走親戚，留下小裁縫照看店子。中午時分，一位又矮又瘦的老人來店裏做衣服，小裁縫細心地為客人量好了尺寸。但在談到價格的時候，兩人發生了分歧。老裁縫的規定是每件成衣要比童裝多收 20 塊錢，小裁縫認為老人做的是成衣，就應該按照成衣收費。但老人卻認為自己身材矮小，所需的布料並不比童裝多，應該按照童裝的價格來付費。小裁縫聽了老人的意見，覺得很有道理，便擅做主張，按童裝的價格收取了老人的費用。

晚上，老裁縫回來了。小裁縫把這件事情告訴了師傅，他擔心師傅會批評他不遵守規定。沒想到老裁縫聽了，不但沒有批評小裁縫，反而語重心長地對小裁縫說："雖然規矩是

師傅定的，你應該尊重師傅，但是，跟尊重師傅一樣重要的是尊重公平與信義，這是我們做人和經商最起碼的守則。”

聽奶奶說，後來，在師傅的鼓勵下，小裁縫離開了老裁縫，另立門戶。最後，他憑着自己從老裁縫那裏學得的精湛的手藝和忠厚的品質，成為了與師傅一樣遠近聞名的好裁縫。

- 文章通過寫“我”從奶奶那裏聽來的一則小故事，從一個全新的角度向讀者詮釋了“尊師”這兩個字的含義：從狹義的角度上來說，我們應該尊重我們的老師，嚴格遵守他們所制定的規定；從廣義的角度來說，我們要尊重老師，也要尊重公平與信義這些做人做事的原則。因為我們所必須尊重的不只是老師的權威，還包括凝聚在老師身上的那些優秀的品質和寶貴的經驗。文章用小故事的方式記敘了一個老裁縫與小裁縫的故事，表達了要尊師的主旨，頗具新意。
- 故事體的特點在於較強的敘事性。文章主旨通過敘事來透露，通過故事本身來客體呈現。這一點在別的敘事文體中往往被忽略：作者干涉敘事，直接發表議論，這樣的做法容易喪失說服力。而在本篇文章裏面，它的主旨應該說是很好地通過故事本身表達了出來。

教師節的賀卡

何其妙

又一個教師節到了，我照例跑出去選了一堆賀卡，準備寄給我那些敬愛的老師。

其中，有一張是老師扶着學生在風雨中一路向前走的畫面——我準備把它寄給我小學時的班主任。記得那時，我是班上最小的孩子。每次被大孩子欺負，我就會哭着鬧着要回家，有時候還會滿地打滾地耍賴。每每這時，是這位老師，把我從地上抱起，用手絹把我的眼淚抹去，輕聲跟我說："沒事的，沒事的，乖，你已經長大了，不能再哭鼻子的了，要學會堅強。"從那以後，每次受了委屈想要流淚的時候，我總會想起她那有着淡淡幽香的手絹和輕聲鼓勵的話語，從而有了前行的勇氣。

還有一張畫的是一顆大心裏面放着一顆小心——我想把它送給中學時的唐老師。從他那裏，我學到了真誠與寬容。記得當時，我們班一個男孩子很調皮，老在課堂上搗亂，有一次，還把一個女老師給氣哭了。當幾乎所有的任課老師都不想再管他的時候，是唐老師，從不責罵他的唐老師，每天都不厭其煩地和他談心，告訴他學習的重要性。那男生也從此一點一點地轉變過來。後來，每次只要提起唐老師，他就豎起大拇指，說："他是我最敬佩的好老師。"

剩下的賀卡，有的畫着一雙大手將一個小孩托向光輝的太陽；有的畫着園丁在美麗的花園中辛勤地耕耘；還有的畫着……這些賀卡，都寄託了我對我的老師們的尊敬和深深的思念。是他們，給予了我知識和力量，讓我在人生的道路上自強不息。

- 文章是一篇回憶錄，採用了第一人稱的方式，着重從事由方面講述送賀卡給老師的原因，表達了“我”對自己成長中的老師的敬佩和感激之情。不同的賀卡，引出了對不同老師的有關回憶。文章結構巧妙，文筆流暢優美，表達自然無矯飾，情感真摯，同時也很好地傳達了主題。
- 本文結構靈活，在敘事之外採用了多種表達方式，有散文特色。
- 此種文體的優勢在於能夠在恰當的時機運用議論抒情，直抒胸臆地表達情懷，寫作上沒有過多的限制。這一點在本文的最後一部分的抒情上得到了體現。

青草地上的成長

崔丁丁

2009 年 3 月 8 日，星期日，晴。

“老師，嚐嚐我煮的飯！”

“老師，這是我蒸的饅頭！”

“老師……”

看了看圍上來的孩子，我高興地笑了。

“大家先吃吧。自己做的飯肯定格外香，要多吃一點啊！別忘記了飯前要洗手！”

孩子們“哦”的一聲散開了，剩下我一個人，站在高高的河堤上，臉上掛着笑，眼睛望着綠油油的青草地。孩子們的腳印依然清晰，踩倒的青草正慢慢地重新直起腰來。

老師是不應該接受學生的宴請的。可今天的“宴請”，我卻似乎非接受不可，因為這是我的學生誠心相邀，更因為這次宴席的“大廚”，全部都是我的在校學生。

記得一年前的春遊，我被我剛接手班主任的中四甲班的學生們驚呆了。到了燒烤時間，居然沒有一個學生能將燒烤爐燃起。當我好不容易燃起了四個爐子之後，學生們燒烤出來的雞翅、雞腿等，不是焦糊，就是沒熟。我是他們的班主任，遇上這樣的情況，除了哭笑不得之外，還能怎麼樣？我不敢讓他們吃這些“垃圾食品”，無奈之下，只好買來了麵包給他們充飢，並且親自燒烤了幾個美味的雞腿讓同學們品嚐。

我發誓，明年的燒烤，我決不再代勞，因為我不希望我的學生都是五穀不分、四體不勤的“小懶蟲”。

今天，坐在去年的那一片青草地上，我品嚐着各種塞往我碗中的美味佳餚，深為同學們神速的進步而驚訝……

- 這是一篇日記。文章通過交代兩次燒烤中同學們不同的表現，反映了學生進步的迅速，其間隱含的是老師對學生的成長的迫切渴望和學生對老師的敬愛之情。文章突出了兩次燒烤的經過，藉以抒發感情，而這種親密感情，被自然地糅合在敘事中了。
- 本文形式有特色，通過虛實結合的手法，把前部分的寫實和後部分的回憶放到一塊，別出心裁。而且回憶部分讀來清新自然，頗具特色。敘事作品要求形式多樣，同學們也可以往這個方向進行嘗試。

漫記張老師的辦公桌

盧美儀

上次到張老師辦公室去請教問題的時候，我不由得被他的那張辦公桌吸引住了。那是一張怎樣的辦公桌啊！這大概是全世界最充滿人情味、最色彩斑斕、最精彩的辦公桌了吧？！大概也只有張老師，能夠配得上這樣的辦公桌！

左上角那一對彩瓷小熊，我記得最為清晰。茶杯那麼大的個兒，安安靜靜地坐在那裏。那安詳的樣子，總覺得擺了很久了，可是上面一點兒灰塵也沒有。媽媽還説裝飾物容易招灰塵，這對小熊這麼乾淨，是張老師自己打掃的，還是別人幫忙打掃的呢？呵呵，我寧願相信是工友幫忙打掃的。張老師這人其實是不怎麼修邊幅的嘛，上個星期來上課，上衣扣子掉了一粒，他居然不知道，我們都偷笑來着。沒結婚，也難怪……

桌面正中間那張合影，呵呵，可能是張老師最喜歡的照片了吧。貼在桌子中間用玻璃壓着，是為了每天都能看到嗎？我們一起去照相的情景，我還記得清清楚楚呢！看啊，最右邊那個是我，傻不啦嘰的，張老師肯定笑我不知道多少次了。不過也沒有關係，只要老師有一個好心情！

還有那隻筆筒，是我送的呢！為了準備這份生日禮物，我省了好久的零用錢，才買了這個昂貴的水晶筆筒……那天

下午，我挑了好多家商店才確定要買這一隻的！哎，不過沒關係，因為漂亮嘛！而且送給張老師，多貴都值得！

還有那支鋼筆，還有那個躺着的音樂盒，還有……好多好多，數不過來了。一件一件禮物，都藏有我們這些學生對老師的敬愛啊！

- 這是一篇典型的第一人稱隨筆型的記敍文。隨筆的特點是行文思路活躍，不局限於一兩件事情，文章起伏跳躍，抒情、議論性強。這篇隨筆的各個自然段，形式上是自然展開，講述了一個一個的故事，而實質上是描繪一次一次學生對老師傳遞敬愛之情的場景。文章通過寫老師辦公桌上的東西，反映了他勤懇工作的特點，為我們展示了一位好老師的形象。
- 文章的特色是，在記敍每一件事情的背後，其實暗藏着張老師這個人物形象的鮮明特徵。第一件事情講張老師不修邊幅，這樣寫的目的是為了反襯張老師辦公桌的一塵不染，從而更加凸顯出張老師辦公桌的特色，反映了他對教學工作的認真。第二件事情是張老師和同學們一起去照相，說明張老師和同學們相處融洽，感情很好。而張老師把照片貼在辦公桌正中間，也表現了張老師對同學們的喜愛之情。

曬書

陶樂天

2009 年 3 月 24 日，星期二，晴。

陽光不能浪費。我看了看天上，蔚藍蔚藍的，沒有雲彩。這晴朗天氣大概能夠持續幾天吧？我決定把一個冬天都窩在書架上的書都拿出去曬曬。

當把書整齊地排在院子裏鋪好報紙的地上的時候，我忽然發覺，自己已經看了不少書了！從文學到歷史，從物理到化學，各種各樣的書，花花綠綠地鋪了一地。

爸爸從房間裏走出來，看到地上擺着的書，也吃驚不小。他說："嘿，看不出來，你小子已經看了不少書了啊！"我傻傻地笑了笑，說："是啊，還有一大半沒有拿出來呢。多虧了張老師啊。"

爸爸也笑了："你原先也只不過文章寫得比較通暢，要是沒有張老師，驕傲的你恐怕到現在還在坐井觀天呢。"

我有點不好意思地說："那倒也是。我原先最恨的就是張老師。當每個老師都表揚我的時候，他總能從我的獲獎作文中找出一些錯誤，更可恨的是，那些錯誤又總是確實存在的。直到那次張老師找我深談，讓我明白了'讀一本好書，就是和一個高尚的人談話'，以及甚麼叫做'君子不器'的道理，我才不恨他了。"

爸爸很高興，一邊幫我擺書，一邊開玩笑地說："你小子這麼發奮，將來收穫的時候，可別忘了報答幫你曬書的老爸我啊。"

我略有所思地說："是啊，報答是應該的，可我能用甚麼去報答那個教導我'讀好書，做好人'的張老師呢？可能在他的字典裏，壓根兒就沒有'報答'二字！當然，這是指別人對他的報答。"

- 這篇文章講述了"我"在一個晴朗的日子曬書的經過。通過"我"和爸爸的對話，表達了"我"對張老師嚴厲教導自己的感激之情。
- 這篇文章是一篇日記體的作品。日記體能夠運用靈活的敘事方法，自由表達感情。這篇文章就展示給我們一個新的敘事的思路，就是在敘事之中還有另外一個敘事，這有點像我們平時所說的"花開兩朵，各表一枝"的分敘。這篇文章說了兩件事情，一件事情是表面上的"我"曬書，另外一件事情則隱藏在"我"和爸爸的對話之間，這就是張老師曾經教導"我"要養成閱讀習慣的事情。這樣的表達有甚麼好處呢？一是可以增強文章的藝術性和可讀性，二是能夠在很少的字數裏面講清楚比較複雜的故事，使文字顯得比較充實。

家長也敬師

何其趣

我的兒子王威是個出了名的“淘氣包”，三天兩頭地闖禍，從來不讓我省心。但是最近一年來，他的成績居然扶搖直上，還經常潘老師長潘老師短地掛在嘴邊。這一切的改變，讓我這個做父親的詫異不已。

直到今天這個家長日的到來，我才終於見到了兒子日夜掛在嘴邊的班主任潘老師。潘老師開朗地笑着告訴我，王威是個聰明的小伙子，做事果敢、堅毅，是個很有潛力的優秀學生。潘老師的話讓我暗自慚愧：做父親的我，怎麼就從來沒有發現兒子這些最基本的優良品質呢？是老師對孩子的了解，讓兒子重新找回了童年的快樂和努力的方向。能遇到潘老師，是兒子的幸運，更是我們做父母的福分啊！

如果沒有和潘老師面談，我不會有那麼多的發現。我一直以為，父母給孩子的遠遠多於孩子想要的，而這樣就足夠了嗎？我幾乎沒有認真問過孩子的想法。潘老師真誠地說，小孩子也有他自己美麗的夢想想要實現，他想在朗誦比賽中拿到好的成績，希望可以在上圖畫課的時候，站到黑板前面去展示一下出自自己筆下那燦爛的菊花，想要多看一點喜歡的童話，少一點討厭的數學題……

潘老師務實的精神着實讓我震撼。在這樣的精神引導下，他一天天看着他的學生擺脱稚氣，走向成人的行列。而

我的兒子那麼勇敢地説着他的熱愛和夢想，用行動告訴我們他是多麼的努力。

古語“聽君一席話，勝讀十年書”，形容的大概就是我此刻的感受吧。眼前那位中等身材，方臉小眼睛的受人愛戴的潘老師，不只對他的學生，也在我的心裏種下了一顆愛和智慧的種子。

我曾經聽別人説過，“愛自己的孩子是人，愛別人的孩子是神”。當時，我不禁覺得好笑，這世界上難道還有勝過愛自己孩子的“別人”？今天，我才真正明白，在這世界上，真的還有一種人愛孩子甚至超過了孩子的親生父母。這種人就是老師！

- 本文是一篇用第一人稱寫成的訪問記。通過寫家長日裏“我”與老師的一次面談，說明了老師愛孩子甚至超過了孩子的父母，抒發了對老師的敬重和感激之情。訪問記要求對話描寫的靈活運用，尤其在敍事的時候，要求將敍事融入對話之中。本文就成功做到了這一點。
- 此外，本篇訪問記更側重於交代結果，而以往更多的是交代經過。本文因為是以家長身份寫作的，因此採用的語言較多的是用啟發教育式的，感情較深。

給老師的速寫

何其妙

我是一個熱愛繪畫的女孩子。我曾經用手中的畫筆勾勒過蒼茫的大海，記錄過花開的瞬間，描繪過孩子的笑臉。而今天，我親愛的老師，我要用我的筆為您畫一張速寫。

首先，我要為您勾勒出寬闊的臉龐和光潔的額頭，還要在您那臉上添上無限的朝陽。因為您的臉上一年四季都是晴空萬里，從來沒有陰霾霧靄，更不見雨雪風霜。

接着，我要為您畫上難以捉摸的眼神。您的眼神中帶着幾絲滄桑，那是歲月不小心惹的禍，還帶着些許期盼和憂傷。或許，您在期待着我們快快長大，卻又害怕我們那麼快就離開您的懷抱。很矛盾吧？

然後，我要為您畫上瘦削的身體。您的身板並不硬朗，可您總是把脊樑挺得筆直筆直的。因為您知道，您是我們的榜樣，您常常告訴我們：“做人要有壓不彎的脊樑！”

最後，我要在您的腳底下添上幾縷微風。因為您總是步履匆匆，

從不曾有過悠閒的時刻。我們知道，您是想抓緊每一分鐘，多為同學們做一些實事。

這就是我為您畫的速寫。老師，您說像嗎？我說像極了。

- 文章別出心裁，從給老師畫速寫這個角度出發，使用第一人稱視角，突出表現人物，抓住老師的幾個主要特徵，用飽含感情的畫筆為讀者勾勒出了一個任勞任怨、關愛學生、無私奉獻的好老師的形象。
- 速寫這種新穎形式，講究的是敍事和描寫的配合。既然是速寫，那麼表達方式自然就是以描寫為主，還要在描寫之中把敍事暗藏進去，並且在描寫之中加入抒情的成分。這篇文章，就有注意做到這一點。如第四段，“我要為您畫上瘦削的身體。您的身板並不硬朗，可您總是把脊樑挺得筆直筆直的”是描寫，“因為您知道，您是我們的榜樣，您常常告訴我們：‘做人要有壓不彎的脊樑！’”是敍事。

魔力“沙龍”

江子遊

新來的賀老師真是奇怪，誰願意放學了還在網上討論功課啊？可她偏偏開闢了一個網上的交流會，還美其名曰“沙龍”。雖然她公佈了時間：一個學期六次，可是第一次，我們不約而同地都沒去。第二天，她給我們每個人發了一封郵件：“同學們，知道你們錯過了甚麼嗎？一次別開生面的交流和一次發現自我的好機會。我很有耐性，下次依然等你們。”

第二次，果然有同學按捺不住好奇心，在她約定的時間上線了。他們本來不打算說話，只是想看看老師有甚麼新鮮把戲的。不料，剛上線，他們立刻被賀老師逮了個正着。賀老師似乎無所不知，總能讓你有想說話和表達自己的慾望。女孩子們可以跟她討論流行的髮型，然後突然發現不知不覺就談到了《孔雀東南飛》裏劉蘭芝的“嚴妝”以及她梳妝時的心情，最後，居然迫不及待地想要讀原來碰都不想碰的古詩文。交流結束後的第二天，我們又收到了一封郵件：“同學們，我很高興有人參與我的沙龍，不過我依然為大多數人的錯過它而感到惋惜。”

第三次，更多的同學參與了，不知道是因為她惋惜的語氣感染了他們，還是他們被這樣一種“有趣”的遊戲所吸引了。聽聽，不知是哪位同學說起，每次出去旅遊，人很多，都無心賞景了。“西湖七月半，一無可看，只可看看七月半之

人……”在賀老師充滿感染力的聲音影響下，我們居然不討厭文言文了，還任由賀老師興致勃勃地講下去。難道賀老師會魔法嗎？

還有三天才是第四次“沙龍”，可我們心裏已經暗暗地在期待：賀老師又會講些甚麼呢？

- 本文寫了賀老師展開“沙龍”活動的過程，通過一封封的郵件，顯示出賀老師對學生的良苦用心。這篇隨筆的亮點在於輕鬆處理時空跳躍方面，讓斷裂的時空不顯斷裂之感。
- 這篇文章的形式有自己的特色。應該說，關於三次“沙龍”的記敘，都是碎片性的，它們之間的過渡連貫，就需要文章一貫到底的線索。這篇文章的線索是三次“沙龍”三個層次的遞進，這樣的感情變化，喚起了讀者的好奇心，從而使故事繼續發展下去。這種形式的運用讓文章頗具特色。

師恩如海

何其妙

從小到大，我一直沐浴在老師愛的光環下。老師給了我一生都受用無窮的知識和學習方法，更教給了我做人的道理，助我形成正確的人生觀、價值觀。他們用自己淵博的知識教育我，用自己的人格魅力感染我。如今，我將步入人生中新的航程，他們的諄諄教誨、耳提面命令我永生不忘。

忘不了，那些幾近退休之年的老教師，他們年將遲暮卻仍為教育事業兢兢業業地工作着，勤勤懇懇地耕耘着。是他們，讓我懂得了做人應該腳踏實地，甚麼叫做“天道酬勤”。忘不了，那些年富力強的中年教師，他們豐富的教學經驗令青年教師羨慕，他們充沛的精力讓老教師羨歎。是他們，解除了我心靈的惶惑，讓我重新拾起了繼續奮鬥的力量。忘不了，那些朝氣蓬勃的青年教師，他們旺盛的精力和汲取新知識的忘我精神，讓我看到了自己的膚淺，知道了自己應永遠遨遊在那知識的海洋。忘不了啊，那些教過或者沒有教過我的老師們，是你們用那淵博的知識和光輝的榜樣，讓我實現了自己的理想，步入了我夢寐以求的求學殿堂。

老師播種了我平凡的昨天，卻將讓我收穫不凡的明天；老師播種了春天，種下了一顆顆求知若渴的心靈的希望。他們永遠不求回報地默默地為他們的學生付出，從不知道甚麼

叫做疲倦。老師猶如那廣闊的大海母親，舉托着我們前進，哺育着我們成長。

師恩如海，老師的無限恩情宛如浩瀚的海洋，給人無窮的力量。我將繼續前進，努力成才，以報答老師這如海般的恩情。

- 這是一篇用第一人稱寫成的散文，文章着重寫人物，言辭懇切，情感真摯。文章既然是以描寫為主，從廣義上來說，也是可以劃歸為記敘文的。文章用質樸的語言向我們敘述了"我"求學生涯裏佔據特殊地位的老師們，這些老師幫助"我"克服困難、走出困境，助"我"成長成才，從而歌頌老師質樸的愛。
- 這篇文章是用抒情散文的形式寫成的。文章的抒情性很強，感情真摯、鮮明。這個特色的凸顯，無疑和文章的形式結構的運用有着很大的關係。

真正的敬意

何其趣

城裏最大的酒店就要竣工了，老闆卻急匆匆地找到了建築設計師林亦和。

林亦和很年輕，是本國最有名的建築大師張國棟的得意門生，老闆因此請他做了這次的設計。但是，前來考察學生畢業第一次設計的張國棟大師卻說了這樣的話："林亦和的設計很大膽，但是這麼巨大的大廳，僅用一根柱子是支撐不起來的。"

老闆聽了急得要命，找到林亦和說："既然你老師說不行，你還是趕快想想怎麼補救吧。"林亦和緊緊地抿着唇，沒有一點表情。老闆知道這年輕人個性倔強，生怕他不肯改變主意。

最後，林亦和還是根據老師的提議，又在大廳加了幾根柱子。這棟大樓一直堅固地屹立在城市中心，成為了這個城市的標誌性建築。

許多年以後，這棟樓也舊了，政府決定對其進行修整。這時候，修補的工人赫然發現，整個大廳除了中央的柱子是連着屋頂的，其餘的都並未與屋頂相連，只起到了裝飾作用。人們不禁感歎建築設計師的天才設計。

這個故事發生在英國。當我看到這個故事的時候，心裏充滿了感歎：多麼睿智的設計師啊。他相信自己作為設計師的判斷，但為了尊重老師，於是想出了這麼巧妙的對策。

- 文章講了這樣一個故事：在建築設計中，聰明的設計師通過加上裝飾性的柱子，既尊重了老師的提議，又堅持了自己的設計，還消除了老闆的擔心，真可謂一舉三得。
- 這是一篇故事。故事中運用了視角的滑動，以圖在短小的篇幅中容載大的信息量。這一點是很成功的。故事沒有從開頭一直寫到結尾，而是在故事發展之中戛然而止，用一個場面描繪來代替交代結果的敘事，別出心裁。

一位差等生的轉變

劉永謙

我曾經是位差等生，因為厭惡學習，難免"恨屋及烏"，對老師的態度很不友好。然而，在中學期間，一位老師改變了這一切。

這位老師姓胡，教我們數學。我雖然成績不好，但因為我比較喜歡邏輯思維方面的東西，所以對數學還是比較感興趣的。一天上午，正當大家聚精會神地聽老師講解一道幾何論證題時，我竟然發現老師的論證出現了一點小錯誤。我開始以為是自己自作聰明，但當仔細地把老師的整個論證過程看了一遍後，我肯定了自己的結論。

胡老師見我指指點點地在嘀咕着甚麼，點名叫我發言。我簡略地説出了一些自己的看法，老師也蠻有興趣地聽着。可我旁邊的同學卻使勁拽我的衣角，我環顧了一下四周，同學們臉上也似乎表現出一種不屑。可令人意想不到的是，胡老師聽完我的講述後，當即根據我的思路重新進行了論證，最後肯定了我的觀點，並非常友好地拍了拍我的肩膀説："你做得對，'吾愛吾師，吾更愛真理'嘛！"

聽到胡老師的鼓勵，我從心底湧出一絲莫名的高興。這，也許是我這個差等生終於贏得了老師的肯定，也許是我從同學的眼神中看到了一絲絲驚訝！從那以後，我逐漸變得對學

習有了興趣，更對老師多了幾分尊敬。因為胡老師讓我明白，作為人類靈魂的工程師，他們不僅需要淵博的知識，更需要有承認錯誤的勇氣和虛懷若谷的胸襟。

- 文章通過寫一位差等生的轉變，從側面來體現“尊師”這個主題，角度新穎，比以優等生的身份來寫對老師的尊敬更有新意，也更有說服力。“吾愛吾師，吾更愛真理”，是“我”大膽說出老師所犯的一點小錯誤錯在哪裏的原因。指出老師的錯處，在同學們看來是對老師的不尊重，因而“似乎表現出一種不屑”。但胡老師卻不是這樣想，“聽完我的講述後，當即根據我的思路重新進行了論證，最後肯定了我的觀點，並非常友好地拍了拍我的肩膀”。胡老師的這種態度，是“我”改變的原因。
- 這篇文章的形式是隨筆，寫得真實而富有感染力。

師者風範

何其妙

今年才三十出頭的王清文創作了很多優秀作品，被譽為這個城市的畫家新秀。當人們問起他師從何人時，他總是笑而不答。

今天，王清文在省博物館舉辦個人畫展，吸引了很多人前來觀看，其中更是有數十位有名的畫家到賀。在熙熙攘攘的人羣中，有人注意到大廳的角落裏坐着一位白髮蒼蒼的老者，這令那些自視頗高的知名畫家極為驚訝。因為他們都知道，他就是近幾年已很少露面而享譽世界畫壇的國畫大師。

“大師，您也來參加畫展啊？”有人迎上去笑着搭訕。

“是啊，能參加自己學生創辦的畫展，心裏很是驕傲啊！”國畫大師説完，全場一片嘩然，原來王清文的老師是他呀！

“小王，你也太目中無人了，能得國畫大師指導是你的榮譽，幹嘛從不向外界透露？”有人指責。

“是我不許他講的。”國畫大師説。

“為甚麼呢？”有人問。

“我晚年收徒謹慎，就是怕別人害了我一生的清譽。那年我看了他的作品，覺得他可塑性很大，並且人品端正，所以才答應收他為徒，但條件是不能向外人透露。”國畫大師接着説：“你們對此一定覺得很奇怪吧？可是你們有沒有想過，浮名常常會給人帶來沉重的負擔，也會止住一個人前進的腳步。

我擔心他被扣上了'國畫大師徒弟'的帽子後就變得驕傲，更怕外界因為我的原因而虛給他過多獎勵。我希望他能夠真正通過自己的努力，不斷取得進步。看到清文有今天的成就，我很高興，也沒有再隱瞞的必要了，所以我才決定參加畫展。"

聽了這一席話，大家都感動了，感動於國畫大師的大師風範，更感動於他為人師表的良苦用心……

- 這是一篇用第三人稱寫出的訪問記，着重寫了一個具有師者風範的人物。
- 讀罷全文，國畫大師的形象就已經非常清晰地立於讀者眼前了：一位在畫壇享有盛譽的大師，卻能將個人聲名拋置一旁，處處為徒弟着想，徒弟成功後，才以老師的身份亮相，以表示對徒弟最由衷的祝賀。這是一個多麼淡泊明志、多麼忘我的老師的形象啊！
- 作者對於這一人物形象的塑造是成功的，然而本文更加難能可貴的地方在於塑造這一人物形象的方法很特殊。全文幾乎沒有正面描寫國畫大師外貌、形象等方面的語言，而是通過人物對話，以訪問體的形式，從側面對人物形象予以表現。

練球先練氣

王凱令

“隊長，今天我們練甚麼？”

“側跑。”隊長簡潔地説。他眉毛高聳而濃密，渾身無不散發着堅毅的氣質。這不怒而威的氣勢讓提問者不敢提下一個問題。大家安靜了兩秒。

但是，不滿還是被發洩了出來。另一個隊員説：“側跑完了之後呢？又是急停？”

隊長瞪了瞪眼睛，説：“是的。還有問題嗎？”

隊長心裏很清楚，這羣孩子無非是在想，每天跑步、急停、跳躍……鞋子磨損得厲害不説，體力也嚴重透支，而球技呢，卻似乎毫無進展。大家是來學打網球的，真正的網球訓練遙遙無期，已經一個星期了，手裏的拍子還沒有真正揮過一次。這確實也難免讓這羣孩子焦躁，對隊長的做法反感。

吃過白菜的牛會牢牢地記住白菜的味兒，自然就覺得草沒以前好吃了。大家都這麼急功近利，這麼浮躁……

殊不知，練球先練氣啊！這道理説出來誰不覺得正確？但是，要知道，他們

還是孩子啊……隊長當年不也是這麼過來的？那時候，隊長的教練不也是這樣對他說的嗎？而隊長卻暗地裏吐唾沫。真道理不是那麼好講的。

隊長悶悶地說："先練着，教練自有安排。"

……

在隊長的帶領下，網球隊在八個月之後的香港校際比賽中取得了很好的團體成績，很多訓練了多年的網球隊都敗在了這一羣新人手上。

慶功宴上，大家一同舉杯："謝謝隊長！謝謝教練！"

私底下，大家卻在暗暗嘀咕。呵呵，所謂練球先練氣，隊長和教練原來圖的是這個，簡直和大家的期待不謀而合！

- 這是一篇用第三人稱寫成的隨筆。文章主體部分的心理描寫，事實上是對造成現在結果的事由的分析。
- 隊員的急躁——急於學習"實實在在的技巧"，隊長和教練的清醒和沉着——練球先練氣，凡事急不來，這一對矛盾讓這篇文章有了生命力。
- 這篇文章的出色之處在於對隊長的心理描寫，隊長的性格的展現，事情的發展以及前因後果，都靠這一段心理描寫來展開。這是一種敘事手法的新嘗試。

仇人還是恩人？

郝雨

“孩子，今天再帶你去見見陳先生，怎麼樣？”

“陳先生？陳老師？六年前的那個？”我的心思一下子飛到了六年之前。陳老師，就是那個阻止我進入演藝圈的人，那個拒絕我誠懇拜師的“話劇大師”。

是的，我可能這一輩子心裏都會有疙瘩。

六年以來，我從沒有改變過自己學習戲劇的初衷。可是，當年就是他的一句話——“年紀太小，努力學習文化才是第一要緊的。”把我推到了繁雜的學習文化的泥潭裏，每天都是與無聊的國文、數學打交道。我的天才夢，我成為年輕藝術家的夢想，被他一手打破！我在極度困倦的時候看劇本，以及用省下的零花錢去買票看演出的時候，從沒有忘記過他那張拒絕我的臉。我不夠誠懇？我不夠天分？到底是甚麼讓他不肯接受我拜他為師？要是他那時候給我說一句好話，我就不是今天這個樣子。六年以來，我做着兩件事情：一邊唸書應付考試，一邊追求真正的夢想。是的，我現在離夢想就差一步了……這時候，你的出現是為了甚麼？

“不，媽媽，我就要參加戲劇學院的面試了，讓我好好準備吧。我不想見這個人。”

“你心裏還在記恨他？”媽媽說。

我一言不發。

“你誤會他了。推薦你的，讓你有面試資格的人，正是陳老師。”

“甚麼？那六年前他為甚麼……”我驚訝了，大惑不解。難道那麼決絕地拒絕我的人突然有了良心發現？……

“六年裏，他一直在關注着你呢。他認為，一個沒有文化素養的人，怎麼可能演活人生？沒有他當年的拒絕，你以為會有你今天的成功嗎？你還是跟我去見見他吧。”

不可思議！難道他竟是我的恩人？我的腳步已經跟隨在了媽媽的後面。

- 這是一篇用第一人稱寫成的回憶錄。文章通過“我”的回憶，着重交代了事情的經過——六年前的一次拒絕，現在的一次推薦，兩個動作都是陳老師一片愛生情懷的展現。當初的拒絕不是為了拒絕，而正是為了今天的推薦，這跨越時空的關懷，顯出了陳老師的用心良苦。“我”的不理解，以致記仇於陳老師，也對這種用心良苦進行了放大。
- 這篇文章的特色是獨特的時空構思。文章用了追憶的手法，事實上是為了保證開頭“高起點”場面的呈現。在所有矛盾高峰集中的地方搶奪讀者注意力，這是非常重要的技法。

一份特殊的成績單

何其妙

我有一份特殊的成績單。它的左右兩邊分別貼了一幅書法作品，只是左邊的字歪歪扭扭，右邊的字中規中矩，很難相信這是出自我一個人的筆下。伴着和麗的微風，我的思緒一下子被帶回到了半年前。

第一節書法課，老師讓我們各自寫一幅書法作品。

不就是寫個字嗎？我悠閒地抓起筆來，飽飽地蘸上墨汁，用那軟綿綿的、絲毫不聽我使喚的筆毫，在宣紙上橫七豎八地寫起來。筆毫一點都不着力，還不時地有一兩滴墨汁滴下來，弄得紙張醜死了！磕磕絆絆地才寫完了一個字，我已經滿頭大汗了。

結果，無論我們寫得多難看，老師都把它們一一收上去了。下課前，老師說道："今天我看大家寫得很隨意，根本沒有認真寫。從寫字能看出大家的學習態度，而態度會決定很多事情。老師希望半年以後能看到大家的作品有大的進步。"

儘管老師的話不是對我一個人說的，但是我還是感到每句話好像都在批評我。當然，老師的話語中更多的是鼓勵，所以我想我應該對自己有信心才對呀！於是每天，我都會自覺地練習書法，即使在受到挫折的時候，我也會想起老師說過的話——態度會決定很多事情。

半年後的今天，老師發給我們每人一張沒有成績的成績單，成績單的左邊貼着我們第一次的書法。老師說："在右邊，是你們每個人今天的作品。比較一下吧，功夫不負有心人啊……"

望着那份沒有評語、沒有分數的成績單，我想，每個人看到這兩幅作品，都會在心底給我的進步打上一個滿意的分數。此刻，我反覆咀嚼着老師的話——"態度會決定很多事情"，包括我的每一次進步！

- 這是一篇用第一人稱去敘事的隨筆。作者以一張成績單為線索，以老師的一席話為中心，表達了"我"在老師的教育下獲得進步的感想，從而正面表現出老師"愛生"的主題。
- 隨筆這種形式是一片廣闊而自由的天空，作者可以自由地表達感情。本文以夾敘夾議的表達方法，隨而不亂的表達使主題尤為突出。
- 文章的每一段都飽含感情，如第一段，兩幅書法分別是"歪歪扭扭"的和"中規中矩"的，這是對文章作為隨筆的感情氛圍的渲染。"我""悠閒地抓起筆來"橫七豎八地寫一通，這是作者有意加重感情，以此將"我"的懶散的"態度"做反襯。後來，"我"頓悟到老師的深意，認真學習，這是情感的高潮。在這篇隨筆裏，作者以真情為文，言由心出，既做到了以文言情，又做到了以情動人。

鐵包公

何其趣

參加完全港校際朗誦比賽，我已經沒剩多少力氣了。沒想到，可惡的“鐵包公”還是要求我把今天缺掉的作業補上，一點人情味也沒有！

“鐵包公”是我的語文老師。別看他年紀一大把，工作上倒是一點兒不含糊。工作這麼多年，他從來沒有缺過課，批改學生的作業絲毫不偷懶，在老師中頗有口碑。但是，同學們卻不怎麼喜歡他，因為他對我們要求太嚴格。凡是他佈置的作業，不論甚麼情況下都得交，一點情面都不講，同學們背後都叫他“鐵包公”。

有一次，我不小心摔了一跤，折斷了手骨，醫生特意叮囑我在家休養一個月。正當我暗自慶幸不用做作業時，沒想到“鐵包公”從網上給我發來郵件說：“請你口述功課，然後用 MP3 傳給我。”真是雪上加霜啊，先前的高興勁一下子煙消雲散了。我是病人呀，醫生都叫我休息的呀，真是個冷血動物，惡霸，“鐵包公”……

抱怨歸抱怨，作業不能不交，我可不敢“以身試法”。於是，每天我準時打開郵箱，按照“鐵包公”的指示，認真地翻課本，查資料，然後努力用字正腔圓的音調把作業清晰地錄好音，再發給他。日復一日，我的普通話居然在不知不覺中也有了進步。

全港的校際朗誦比賽開始報名了。“鐵包公”毫不猶豫地推薦了我，我有點受寵若驚。然而，結果讓我又喜又悲。雖然我不負眾望地獲得了二等獎，滿以為可以喜上眉梢的了，沒想到“鐵包公”卻發來郵件：請你把今天缺交的作業補上，不得拖延！

“鐵包公”真夠“鐵”啊！

- 本文是一篇以第一人稱記人的隨筆，主要是寫了因為工作嚴謹而被學生稱為“鐵包公”的“我”的語文老師。文章通過寫“我”摔斷手的經歷以及藉此獲得的意外的收穫，表現了“鐵包公”“鐵”的一面，曲折地表現老師對學生的嚴厲。文章各個體現人物性格的用筆皆在事情結果之上，可以說是一篇強調結果的文章。
- 這篇隨筆取其“隨”字，讀起來輕鬆而不乾癟。學生對老師的嚴苛頗有微詞：“我”受傷，老師毫不講情，“我”比賽回來累得夠嗆，老師還不忘記讓“我”交作業，難怪“我”要怪老師是“冷血動物，惡霸，‘鐵包公’”了。但是，在老師的嚴厲督導下，“我”在瑣碎的抱怨中收穫了成功的喜悅，這種抱怨在作者隨意率性的隨筆的形式下，就不是簡單的討厭了。文章的語氣輕鬆自由，充分體現了作者的創作個性。

第三章

佈局要多變

記敘文的佈局，說的是文章的結構，也就是文章內容的組織和安排。這種組織和安排，要富於變化。俗話說："文似看山不喜平。"這裏說的，就是要多變。寫文章時，要合理安排寫作題材，避免平鋪直敘、記流水賬般的寫作手法。

應該如何佈局呢？本叢書的結構篇的前言《關於結構》已有較為詳細的說明，這裏不再贅述。這裏特別談一談這麼一個問題：一篇記敘文的結構應該是甚麼樣子的呢？俗語說的"鳳頭"、"豬肚"、"豹尾"，倒能很形象地回答這個問題。就是說，文章的開頭要開得像鳳頭那麼漂亮，中間部分的內容要寫得像豬肚那麼充實，結尾要寫得像豹尾那麼有力。總的來說，記敘文的結構要做到散而不亂、波瀾起伏、疏密有致。

如何才能達到以上要求呢？方法有很多，其中重要的一點就是要注重文章的敘述方法以及它們帶來的不同敘事效果。文章的敘述方法中最主要的有順敘、倒敘和插敘。順敘是常用的方法，以事件發生的時間先後順序為線索展開故事，交代事件的原因、經過和結果，用這樣佈局寫成的文章散而不亂。倒敘是先寫故事的結果或是精彩的部分，而後才交代事情的始末，這樣的佈局使文章顯得波瀾起伏；插敘是指在文章的敘述中，插入有助表現主旨的內容，以使文章的敘事更為集中，從而達到疏密有致的目的。這三種敘述方法各有各的特點，在寫文章時，應該多運用不同的敘述方法。例如在順敍的時候加入插敍，插敍當中又有倒敍，這樣，文章就不是平鋪直敍，而是佈局多變了。

要給文章佈好局不是一朝一夕的事，所以，我們應該多練習如何佈局，使自己在一次次的寫作實踐中不斷進步。

文章題目	敘述順序	結構形式	佈局特點
成績單上的評語	順敘	以情感為線索	散而不亂、中心突出
獲獎	順敘	以事件的發展變化為線索	欲揚先抑、有起有伏
關於老師	順敘	以思想感情為線索	結構緊湊、起伏有致
老師，謝謝你	插敘	以時間為線索	情節跳躍、敘述時空自由轉換
快件	順敘	以事件的發展變化為線索	敘述視角的突轉、蒙太奇手法的運用
鼓勵	倒敘	以事件的發展變化為線索	敘述時空的交錯
可樂	順敘	以時間為線索	明、暗兩條線索結合、結構完整有序
蘇格蘭裙子	倒敘	以時間為線索	首尾呼應、結構完整
老師的笑容	順敘	以事件的發展變化為線索	層次分明、有起有伏
何老師的"幽默"	順敘	以事件的發展變化為線索	波瀾起伏、轉折變換
老師的眼神	順敘	以事件的發展變化為線索	起伏變幻、重點突出
神奇的鏡子	插敘	以一面鏡子為線索	追憶手法的運用、文章內容疏密有致
重逢	順敘	以朱老師的一句話為線索	結構緊湊、情節跳躍
先難後易	倒敘	以思想情感為線索	首尾呼應、詳略得當

成績單上的評語

孫方建

寒假整理書桌時，我無意間看到幾張自己中學時的成績單，便很有興致地看起來。看着成績單上老師的評語，我很有感觸。

剛上中一時的我膽子很小，喜歡天天呆在教室裏看小說，朋友不多，但成績不錯。這從中一的成績單就可以看出來。只見成績單下老師寫道："你是個能沉下心來、安安靜靜讀書的孩子，靈秀乖巧，對周圍的事物有着敏鋭的觀察能力，寫得一手好作文，偶爾會沉浸在自己的世界中。希望你能保持優點，同時敞開心扉，多和同學們一起交流、學習，相信將來的你會更快樂，進步更大。"

看到這裏，我不禁想起那時每當班上組織活動時，老師總會微笑着把躲在角落裏的我叫出來，鼓勵我融入集體，走入人羣中間。老師的行動終於一點點地培養起我的自信。

另一張成績單是中三的。這時的我已經比較開朗了，喜歡和同學一起談天説地，還有幾個形影不離的好朋友。不過，我的成績已由原來的名列前茅滑到了中游。那麼，老師的評語又是怎樣的呢？一看，上面寫着："你有主見，思維開闊，善良，樂於幫助別人。這些都是你身上的亮點。你一旦發現了追求的目標，就從不輕言放棄。周圍的同學總能感受到你

的開朗與活力。不過，當發揮自己的長處時，你也不要忘記哦，只有腳踏實地才能一步步接近自己理想的高峰。”

想必那時的我，因為自己成績不錯而有點驕傲自得，所以老師才會善意地提醒我要“腳踏實地”。現在看了這評語，我依舊心裏暖暖的。

看完這些成績單，我呆呆地坐着——真想再回到以前的學校，看看這些可愛的老師們。不知他們現在過得都還好嗎？

- 文章從成績單上的評語切入“我”對老師的崇敬和感激之情，角度比較新穎。文章運用了順敘的手法，以情感的流動為線索，散而不亂、中心突出地寫了兩張成績單上評語的內容。
- 文章通過寫老師對“我”在中一和中三時評語的差異，表現了老師對“我”的關愛，以及評語帶給“我”的影響。當“我”膽小怕事時，老師鼓勵“我”敞開心扉、融入集體；而當“我”驕傲自滿時，老師卻要“我”腳踏實地。簡簡單單卻十分中肯的帶有評語的成績單，讓讀者感受到了老師的點滴關懷。作者在文章中的情感表達，雖然含蓄隱晦，但真摯的情感卻溢於字裏行間，很能引起讀者的共鳴。

獲獎

陳力東

“王佩詩，張老師讓你去一趟辦公室！”

咦，老師找我？我有些納悶。要知道，從小到大，我的成績一直不上不下，屬於班上“被忽視”的人羣中的一份子，極少有老師會找我的。可這次，怎麼會無緣無故地被老師“瞄上”了呢？想到這裏，我很不情願地應了一聲“哦”，便慢吞吞往辦公室走去。

走到門口，我猶豫了一下，敲了敲門。只聽裏面應道：“進來。”

張老師正在批改作業，抬頭見是我，笑笑説：“請坐。”

我有些忐忑不安地低着頭坐下了。

只聽他爽朗地笑了一聲，説：“知道老師找你是為了甚麼嗎？”

我望着他，搖了搖頭。

“是好消息哦，你的作文在全校得了第一名！”

“啊？”我一時反應不過來，愣在原地。怎麼會呢？

“我們幾個評委老師都看了，覺得你的文章感情真摯，文筆也很優美，有一定的思想力度……”他推了推鼻樑上的眼鏡，笑着説。

這時的我總算回過神來了，恨不得立刻雀躍歡呼，回家去告訴爸爸媽媽：“我得第一名了，得第一名了……”但在老

師面前，我卻漲紅了臉，一句話也説不出來。

大概是看到我很緊張，張老師溫和地說："作文寫得好，是你的很大優勢，你應該更有自信才對。只不過，要注意，不能偏科哦。只有兩隻'腳'一樣健全的人，才能走得更遠，更有力。"

聽到這裏，我點了點頭，馬上想起自己上次數學考試不及格的事。原來，老師一直都在默默地關注着我，只是我自己從來沒有察覺而已。

- 《獲獎》一文，一開頭就設置了一個懸念：從來就被忽視的"我"卻被老師叫去辦公室。受好奇心的驅使，讀者自然會對"我"被老師"瞄上"的原因產生興趣，從而大大加強了文章的吸引力。
- 要特別指出的是"欲揚先抑"的手法在本文中的運用。一個自認為被忽視的學生，不但被老師叫到辦公室，被老師表揚，並且得到老師"只有兩隻'腳'一樣健全的人，才能走得更遠，更有力"這樣善意而中肯的提醒。這足以證明，這個學生不但未被老師忽視，反而得到了老師無限的關注，這樣文中老師的形象就立體化了。
- 總之，本文雖然採用的是以事件發展變化為線索的順敘手法，但開篇懸念的設置以及欲揚先抑的手法的運用，使得本文具有很強的可讀性。

關於老師

文千山

在學習生涯中，助我成長、讓我印象深刻的老師不在少數。而其中對我影響最大的還是田老師——一個一直讓我魂牽夢縈的導師。

田老師的教學風格獨特——讓學生做主，所以常常有些膽大的學生在課堂上“暢所欲言”。但無論學生的觀點多麼不合理，身為老師的他總能糾正學生的想法和鼓勵學生繼續發言。大概被這種氛圍感染了，在他的課堂上，我第一次舉起了手。田老師最先發現了我的舉手，微微有些詫異，但馬上就讓我說出我想說的話。述說過程中，我有些緊張，緊張得難以繼續。見此情況，他就用提問的方法鼓勵我繼續說下去。他問了很多，比我回答的還要多。

大概老師不知道，要成為一名老師的夢想就是在那個時候在我心裏悄悄萌芽的。可能在同學眼裏，這只是一個小插曲，但我卻覺得很感動。儘管我的觀點顯

得不太成熟，但是田老師用微笑和肯定小心翼翼地維護了我的尊嚴。從此，我漸漸意識到，老師意味着一種姿態，平等的姿態，作為學生的我可以選擇自由的思考，勇敢的質疑，大膽的表達，甚至激烈的討論。老師給我打開了一個審視自我的不同視角。我想有一天，我也可以這樣，給更多的學生以平等和表達的自由，為他們提供一個自由表達創新思維的平台。

多少次，我為這夢想激動不已！

- 可以看出，作者是一位夢想成為老師的人。在佈局方式上，作者的寫作跟隨情感的流動，順敘手法的使用，使文章顯得結構緊湊、起伏有致、情感跌宕 。從作為學生的“我”對教師這兩個字充滿敬畏，到後來發現老師意味着一種“平等的姿態”，是一個重大的變化。“我”決心要成為一個老師，並決心從學生的角度，堅持老師與學生的平等，維護學生的自由，做到教學相長。
- 從文中可以看出，作者愛護學生，也尊重老師，體現了愛生重教的主題。

老師，謝謝你

朱立文

“老師，我能背！”他舉起了手。

講台上的老師轉過身來，看了看他，然後笑着點點頭。

在全班同學驚訝的眼光中，他站起來，將昨天學過的課文一字不漏地背了出來，沒有一點結巴。

當他坐下的時候，全班同學竟然一齊鼓起掌來，他的眼淚一下子湧了出來——如果沒有老師，他今天一定沒有勇氣在大家面前背誦課文。要知道，以前的他，連說話都不敢啊！至今他還記得，小時候，只要他一說話，便有人笑他，更怪腔怪調地模仿他。因為，在別的孩子那裏很順溜便能說出的一句話，對他而言，總是要費很大的勁才能斷斷續續地說出來。有時他漲得一臉通紅，好不容易將一句話說完，別人卻早已不耐煩，有時還輕輕嘟噥道："原來是個結巴！"正因為這樣，在很長一段時間內，他都不願意跟人說話。他怕人們會笑他，怕看到那些鄙視的目光。他越來越不愛和人交往，總是和同學離得遠遠的。

直到有一次，全班舉行歌唱比賽。為了讓他同樣參與到比賽中來，老師一遍一遍地幫他糾正口型，打着拍子，教他放鬆且自信地去面對底下的聽眾。他還記得，當他將那首曲子完整地唱出來後，第一個熱烈鼓掌的，是老師。那一刻，她的目光裏充滿了信任和鼓勵。

從那以後，他下定決心：總有一天，他要和所有正常的孩子一樣，完整而流利地說出每一句話來。為了這個目標，他堅持每天大聲朗讀，從簡單的幾個字，到一句話，到整段整段的課文。每前進一步，他一回頭，都能看到老師那欣慰的目光。

老師，謝謝你——他默默地想着。

- 這篇文章以時間為線索，通過回憶的方式，敘述了一個學生對於老師的感激之情。
- 本文結構上的最大特點在於，伴隨作者回憶鏡頭的跳躍，通過插敘等手段，敘述時間在不斷地發生改變。他流利地背出文章——他因為結巴而拒絕與人交往——他為克服結巴而不斷努力，這在時間上是一個近——遠——近的過程。但對於這一過程，作者未做隻言片語的交代，而是通過獨具匠心的佈局予以表現。
- 文中的老師就像是影子一樣，伴隨着他成長。對於老師的描寫，作者着墨不多，但我們卻能從文中看到一個關愛學生、幫助學生進步的老師的形象。

快件

葉紹欣

陽光分外燦爛。脱掉剛剛為拍照而穿上的學士服，陳建心潮洶湧。照相機咔嚓一聲之後，他已經神遊心外了。多年的求學經歷不算漫長，可是陳建總覺得身上這件學士服沉甸甸的。它不是他自己一個人的，還屬於更多的人，他的大學老師，在背後默默支持他的父母，和他一起學習的同窗好友……可是最重要的人是誰呢？陳建望着天邊的雲彩思索着。

忽然，他全身像過電似的，心頭一顫，有了答案。他快步向家裏跑去。

拉開椅子坐下，他提起筆疾書起來……

"砰砰！"黃老師順着敲門聲走過去。打開門，原來是多年前教過的學生陳建寄過來的快件。"陳建，呵呵，多少年了啊，那時候他還在讀幼稚園呢。呵呵，這小子，他還記得我！"黃老師很高興。他走到書桌前，撕開信封，戴上老花眼鏡——當年的幼稚園老師，現在已經不再年輕。他用手指畫着，輕聲讀了起來：

"……尊敬的黃老師，我無法表達我對您的感激之情。高深的知識，我可能是從大學教授那裏學到的，可是真正最重要最重要的東西，卻是您教給我的：不是自己的東西不能隨便拿，要尊敬長輩，要熱愛生活，要真誠待人，要認真學

習……這些最基本最簡單卻又是最重要的道德，影響了我的一生……”

黃老師讀着讀着，一行老淚已經順着皺紋流了下來。

- 這篇文章讀來感人至深。一個優秀的大學生，在畢業後回想過往，看看誰對自己的成功幫助最大、影響最深遠的時候，他想起了多年前曾經教導自己的幼稚園的老師。的確如文中所說，真正影響我們一輩子的可能是幼稚園的老師，他們把最簡單卻又是最重要的道理教給了當時還是一張白紙的我們，指引着我們在人生道路上前進。
- 在敍事技巧和結構佈局上，蒙太奇的手法運用，使得本文的敍述視角得以實現從陳建到黃老師的突轉。陳建奮筆疾書，卻沒有了下文，鏡頭忽然轉到黃老師開門取快件的情景上來。隨後，才將陳建的答案、快件的內容娓娓道來。這樣的行文，使文章更緊湊，也使文章更顯生動別致。
- 文章以事件的發展變化為線索，貫穿全文，是一篇順敍體記敍文。

鼓勵

易天知

一位知名作家説起自己為甚麼會走上文學道路的時候，説到了自己讀小學時發生的一個有意思的故事。

剛剛懂得怎麼寫日記的時候，他很喜歡把發生在自己身邊的一些有趣的事情寫下來。那時候其實就是為了寫寫而已，讓自己樂一樂，滿足一下表達的衝動，不是為作業，也不求發表。日積月累，他寫了不少的日記。

一天下午，他打開課本溫習功課，忽然想起頭天和小夥伴們一起打球的經歷，很想把它寫下來。於是説幹就幹，他掏出一張活頁紙就開始寫。他寫得那麼投入，以至於不知不覺就寫了幾百字。很快就到了吃飯的時候，他隨手將還沒有完成的“作品”夾到了第二天要交給老師批改的練習冊裏。這篇文章也就這樣鬼使神差般地到了老師的手上。

可就是這大半篇文章，就是這沒有寫完的一件小事，引起了老師的注意，成為了他走上文學之路的動因。老師在看了之後，發現這孩子具有很強的想像力和出色的文字表達能力。結果在課堂上，老師非常高興地向大家表揚了這個“粗心”的同學，對他的文章給予了很高的評價。

“我對文學的真正的興趣大概就是從那時候開始的。美國資深心理健康諮詢專家施內布利曾經説過：‘當每個人回顧以往經歷時都會發現，他之所以在某個方面成績卓著，是因為

曾經有人以某種方式鼓勵過他。’鼓勵的作用是無窮的。我永遠都不會忘記那位老師對我的鼓勵。”作家回憶起這一段往事的時候深情地說。

- 這篇文章運用倒敘的手法，以第三人稱的視角，給我們講述了一個當初對文學沒有透徹理解卻有很濃的創作熱情的學生，在老師的鼓勵之下走上文學創作之路的故事。
- 文章的最大特色在於敘事時空的交錯。所謂時空交錯就是說在敘事過程中，作者不一定局限於時間軸的順序進行敘述，而是可以根據文章需要，調換時空的順序。這篇文章開篇是現在，主人公已經是一位著名的作家了，接下來作家開始回憶當初的情景，在文章的最後又回到了現實。這樣的前後照應，讓讀者覺得似乎事情就發生在自己的身邊，似乎就是自己在聆聽這位作家侃侃而談自己的經歷。

可樂

何其妙

“怎麼一個人對着窗戶發呆啊？碰到甚麼事了？”黎老師拿着兩罐可樂走到江翔身邊，把一罐放在窗台上，啪地打開另一罐，喝了一口。

“沒事。考得不好，心裏煩。”他望着那罐可樂，“給我的？”

“還能給誰？”黎老師與其說像老師或長輩，倒不如說像哥哥，說話隨便，待人厚道，“男子漢嘛，這點事情，沒甚麼大不了的。”

黎老師留下可樂，轉身就走，快走出教室的時候卻回頭說：“窗邊風大，小心着涼。”

“啪！”江翔打開可樂，灌了一口，冰冷的液體混着鬱悶傷感溜進了食道，掉進了胃裏。對，男子漢嘛，對自己就得狠一點，沒甚麼大不了的。“灑脱點，像個男人！”他在心裏暗想。

幾天之後，江翔在球場邊走。太陽帽壓得有點低，雙手插到口袋裏。

球場上幾個人在打球，打得有點激烈。江翔挑起帽沿看了看，忽然那張英俊的臉上透出一絲微笑。太陽照在整個球場上，溫柔的一片金光，雖然西斜卻依舊保持着絕妙的色彩。

五分鐘之後，江翔走到球場邊坐在地上，手裏拿着兩罐可樂。這時候那羣人正好中場休息。

黎老師穿着運動服，滿臉汗地往這邊走。

江翔拿起一罐可樂，遞給他。

“給我的？”

“還能給誰？”江翔臉上掛着笑，黎老師臉上也掛着笑。

“打完球喝可樂，傷身體的！”黎老師說，但邊說邊開了瓶蓋，大灌了一口。

“凡事總要樂一樂嘛。”江翔笑着回答。

兩個人爽朗地笑了起來，乾杯……

- 這篇文章以順敘的形式，以時間為線索，用輕鬆的筆調，展現了一種融洽的師生關係。
- 文章在謀篇上的特點是明線和暗線結合。明線是兩罐可樂的你來我往，有了第一罐的贈予就會有第二罐的回饋。文章迴環往復，整齊有序。暗線兄弟般的師生關係。老師鼓勵學生走出陰影，學生感謝老師，藉一罐可樂傳遞心意。這樣兩條線索同時前進，讓文章緊湊完整。
- 文章語言精練，跳躍性較大卻不失清晰，是一篇可讀性強的優秀之作。

蘇格蘭裙子

喬治亞

露西是一個著名的服裝設計師。在她的作品中，總是洋溢着濃濃的蘇格蘭風情。人們都以為這是她的設計風格，但只有露西知道，這裏面隱藏着一個鮮為人知的故事。

故事發生在二十年前，那時露西還是個懵懂的學生。那天是五月二十八日，再過兩天就是她的生日了。然而，露西卻絲毫也高興不起來。因為她知道，沒有人會送給她生日禮物。露西的父親很早就離開了，母親帶着兩個孩子輾轉來到香港，每天都為生計奔波，哪有錢來給露西買禮物呢？

然而，露西沒想到的是，在生日那天她竟然收到了自己夢寐以求的蘇格蘭裙子！送給她裙子的是她的繪畫老師。老師非常了解露西家裏的情況，又注意到她的習作中常常出現一個穿着蘇格蘭裙子的小姑娘，因此覺得露西很喜歡這樣的裙子，便特地為露西準備了這樣一份生日禮物。聽了老師的解釋，露西抱着裙子高興得哭了。

二十多年過去了，當年的小姑娘早已長大成人，也成就了非凡的事業。然而，她始終忘不了送她裙子的老師，更忘不了那條早已褪色的蘇格蘭裙子。但她已將蘇格蘭裙子的風格，深深地融入了自己所鍾愛的服裝設計事業中。

- 這篇文章是一篇以時間為線索，首尾呼應，結構完整的習作。文章以蘇格蘭裙子為引線，從一位著名設計師的設計風格入手，利用倒敘的手法向讀者引出一段鮮為人知的陳年往事，由此揭開隱藏在蘇格蘭裙子背後的秘密。
- 在故事的敘述中，作者先寫到露西的生日，為後文所提到的生日禮物——蘇格蘭裙子的出場做好了鋪墊。文章所講的老師愛生如子，不但用心去了解露西的家庭狀況，還從露西的繪畫作品中觀察到露西的喜好這樣一些細節，着實讓人佩服。

老師的笑容

卓暉

高老師剛開始教中四甲班的時候，就聽說這個班的學生很調皮，經常在課堂上跟老師搗亂，還把幾個年輕的女老師氣哭過。因此，為了能讓這些學生在她上課時不敢過於“放肆”，每次走進教室之前，高老師總會將臉上的笑容收起，板着臉開始講課。這一招也果然湊效，學生們都對她又敬又畏，在課堂上總是安安分分的，不敢做出甚麼出格的事情。

眼看明天就是教師節了。這天，當上完課回到自己的辦公室，高老師就發現桌上不知甚麼時候多了許多賀卡。不用問，肯定是她的學生送的。於是，她坐下一張張地翻開來看。那些賀卡上都是一些稚嫩的、歪歪斜斜的字跡，有的祝她節日快樂，有的祝她身體健康，她邊看腦海裏邊浮現出一張張純真的面孔。不過，令高老師有點遺憾的是，她沒有收到中四甲班的同學的賀卡。難道，在這個日子裏，她被他們遺忘了嗎？

正在這時，她忽然發現自己的一本書裏還夾着一張賀卡。賀卡是學生自己畫的，上面是一張大大的、紅彤彤的笑臉，下面寫着：“老師，節日快樂！希望老師上課的時候多笑一些，開心一些！我們喜歡看到老師的笑容！”後面的署名是“中四甲班”。

看到這裏，高老師又欣慰又慚愧——畢竟還是一羣孩子啊，她對他們可能真的是過於嚴厲了。於是，等到下次上課的時候，她不再板着臉了，而是面帶微笑地走上講台，說："謝謝大家的賀卡！我希望能和大家成為要好的朋友……"

她的話還沒說完，台下已經掌聲一片，同學們一個個臉上洋溢着燦爛的笑容。那一刻，教室裏充滿了濃濃的溫情。

- 本文通過敍寫學生給高老師送賀卡，並且在賀卡中對高老師提出多一點笑容的建議，生動地展現出了學生那活潑天真的心靈和對老師的熱愛之情。
- 作者描寫了高老師從"板着臉"上課到"面帶微笑"上課這一情感和心理變化過程，以事件的發展變化為線索，文筆活潑生動，內容有起有伏，層次感強。
- 文章的結尾表現了學生的改變——調皮班的學生已不再調皮，變得對老師充滿了深深的愛意，師生關係也在彼此的改變中變得更加融洽。

何老師的“幽默”

何其妙

何老師自他上第一堂課起，就“告誡”這個班的學生上課不許有手機的“騷擾”，必須改成振動或靜音，否則將“嚴懲不貸”！

誰知今天剛上課，何老師正講得津津有味，忽然，一首悠揚的曲子不知從誰的手機裏“飄”了出來。

何老師不得不放下書本，抬頭一看，只見一個男生正紅着臉，滿臉驚慌地找手機。他將那個黑色的背包翻來覆去，好不容易找到了，音樂聲才戛然而止。

這一下，何老師的思路完全被打斷了，上課的好心情也早就煙消雲散。教室裏的氣氛一下子凝重起來，學生們大眼瞪小眼地看着。看看何老師鐵青的臉就知道，他正在竭力壓制自己的怒氣。而那個男生，也一直低着頭，不敢看他一眼。

這上的哪門子課嘛，何老師想。他剛要出口“訓誡”幾句，但看到大家一副戰戰兢兢、如臨大敵的樣子，不知怎麼的，竟一臉嚴肅地改口道：“我一直在想，剛剛那首曲子叫甚麼名字來着？”

話音剛落，全班同學轟然大笑起來，先前的緊張氣氛一掃而光。那個男生也忍不住抬起頭，看着他，有些意外地笑了。

接下來的半堂課，何老師發現，課堂氣氛變得異常活躍，連先前在打瞌睡的幾個人也開始認真地聽起課來。

下課了，何老師正準備走出教室，那個男生就追了上來，先是“對不起”，然後，又摸摸後腦勺，結結巴巴地說道：“我真沒想到……原來老師這麼幽默……”

幽默？何老師聳了聳肩——也許吧，以後自己應當多多嘗試才是。

- 這篇文章以事件的發展變化為線索，行文起伏變化。文章從何老師的“告誡”到“發怒”到出人意料的“幽默”，情節的展開有條不紊。文章對課堂緊張氣氛的描寫為後面形勢的急轉直下做了良好的鋪墊。顯然，“幽默”最終取得的課堂效果使何老師和同學們都對彼此有了新的看法。試想一下，如果何老師因為鈴聲而大發脾氣，同學們還能認真聽課嗎？恐怕只會給雙方都留下不好的印象吧。正是這樣小小的一句幽默，改變了課堂上的沉悶氣氛，調動了同學們的積極性。
- 文章最後的點題，使讀者看到何老師正試圖改進自己的教學方法，這也體現出了他對學生的關愛。

老師的眼神

許志琳

上課鈴響，韓老師快步走上講台，朝同學們説道："現在，大家打開課本……"

下面傳來一陣簌簌的翻書的聲音。

忽然，只聽小蕾一聲尖叫："啊……"大家馬上齊刷刷地朝她看去。韓老師皺了皺眉："怎麼啦？"

"有人……"小蕾臉色蒼白，指着課本支支吾吾的，説不出話來。

韓老師走了過去，打開課本一看，也嚇了一跳——一隻很大的死蟑螂，不知被誰夾在了書頁裏。韓老師的臉馬上沉了下來："説，誰幹的？"

全班一陣沉默。韓老師掃視了一下教室，只見不遠處的譚震正埋着頭。這下，韓老師明白了，説道："譚震，是不是你？"

"怎麼懷疑是我啊？老師，你有甚麼證據？"譚震看起來一臉無辜。

"那好，你用眼睛看着我，説不是你幹的。"

譚震只好抬起頭來，看着韓老師的眼睛，臉上掛着幾分無所謂的樣子。可是，幾分鐘後，他忽然發現，老師的眼神從原來的嚴厲，漸漸地變得溫和，漸漸地變得有些失望。他不敢再看了，低下頭去，可嘴裏仍強辯着："不是我幹的。"

韓老師點點頭，說："好的，老師相信你，相信一個人的眼神不會背叛他的心靈。"

接下來，韓老師用紙巾將蟑螂挪走，繼續講課。在整堂課上，譚震都低着頭，不敢看黑板。

下課鈴響，韓老師回到辦公室，坐在桌子旁，等着。十五分鐘後，譚震出現了。他囁嚅着："老師……"

韓老師拍了拍他的肩，笑道："老師知道，你是個誠實的孩子。"

譚震抬起頭來，又看到了韓老師的眼睛。不同的是，這一次，老師的眼神裏充滿了信任與欣慰。

- 本文以"老師的眼睛"為敍事焦點。文中老師的眼神經歷了一個從嚴厲到寬容到失望最後到信任與欣慰的過程，體現了老師對於學生的寬容與關愛。學生譚震搞了個惡作劇，但卻一直不願承認。老師雖然知情，但卻沒有戳穿。譚震最終承認了錯誤，看到了老師充滿信任與欣慰的眼神。
- 這是一個很溫馨的故事，寫作時採用順敍手法，但沒有平鋪直敍，因而文章顯得生動，具有可讀性，結構上有起伏和變化，而且重點突出。對於老師眼神改變的描寫也讓文章更加具有層次感。

神奇的鏡子

張外虹

“李欣，競標馬上就要開始了，你去哪？”在競標還有十分鐘就開始之時，突然失去信心的李欣躲到了洗手間。面對着鏡子，她長長地舒了一口氣。她嘗試着給自己一個自信的笑容，卻發現臉上的肌肉好像都僵硬了一般。李欣心裏急了，慌忙打開自己的化妝包，拿出一面四方的小鏡子。那雖然只不過是一面普通得不能再普通的小鏡子，淡粉色塑膠的外殼顏色還有些剝落，可一看到小鏡子，李欣卻突然很輕鬆地笑了。

時光回到了十多年前，她被推薦去參加學校的朗誦比賽。本來表現非常鎮定的她，在臨上台前卻方寸大亂，急得直掉眼淚。在後台的一位女老師見到這個哭泣的小姑娘，問道：“緊張了？”她顯得很慌亂，直點頭。“別怕，來，老師給你看樣東西。”老師一邊幫她把眼淚擦乾，一邊從自己隨身帶的化妝包裏取出一面小鏡子，遞給她，説：“看，都把自己哭成大花臉了。快笑笑，自信地笑笑。”聽着老師的話，李欣破涕為笑。“拿好，記得待會上台的時候也要像現在這樣照照鏡子，看看自己的笑臉是多麼的甜美哦。”當時，依然有些緊張的李欣上台了，但心裏已經沒有了恐懼。碰觸着褲袋裏的小鏡子，李欣對着台下黑壓壓的人羣笑了，笑得自信滿滿。等

到下台的時候，李欣再也找不到那位老師。但是這面鏡子她卻一直保留着。

看到這面鏡子，那位老師的話重新在耳邊縈繞。"快笑笑，自信地笑笑"，這給了她足夠的勇氣和信心。

抬起頭，看着鏡子中的自己，李欣發現自己臉上的自信已經滿溢了。這次競標肯定沒問題，她重新回到了競標現場。

- 本文採用追憶的方式表現了發生在學生和一個不知名的老師之間的故事。插敍手法的運用，使得文章實現了時空的交換，也讓文章在疏密有致的前提下，有了起伏和波瀾。
- 學生突然怯場，老師巧妙地拿出一面鏡子，安慰了慌張的學生，給了學生勇氣。很小的一件事，也許過後老師就忘記了，但是卻在學生的心裏留下了深刻的印象，並且成為了一種精神動力，使她遇到怯場和緊張的情況時，都能從過去的這件小事中汲取無窮的力量。鏡子是種象徵，象徵了老師對學生的關愛。學生保留着這面鏡子，其實是把對老師深深的感激之情一直保存在心裏，並且將這份感激轉化為面對困難的勇氣。

重逢

李美娜

“朱老師，您好！”在大街上腳步匆匆的人羣裏，我認出了與我擦肩而過的我上六年級時的班主任朱老師。

時間沖淡了記憶，朱老師還在細細地辨認：我到底是他教過的無數學生中的哪一位？

等到朱老師也想起了我就是當年在他班上沉默不語的愣小孩時，我已經將朱老師邀進了一家咖啡吧。咖啡吧裏播放着輕柔的音樂，很適合這種重逢的場景。

“朱老師，我曾經特意寫信回到學校，想與您聯繫，卻獲悉您已經調動了工作。”我有些激動。因為如果沒有朱老師的那句話，我的人生軌跡可能已經朝向了另一個方向，是朱老師改變了我。“您桃李滿天下，肯定已經不記得曾經跟我說過的那句話了，但我卻因此而感激、敬重您一生。”我說。

見我如此動情，朱老師有些意外，但依然坦然地笑笑：“我記得，那個時候的你膽小自卑，沒有特別的天分，卻咬緊牙關努力學習。因為沒有自信，你從不表現自己。現在想來，雖然是老師對學生的臨別贈言，但當時我也太激動了，竟然對那麼小的你說，‘沒有自信的人，努力也是沒有價值的’。很久之後，每當我回想起我說那句話時你那驚愕的眼神，我就有些責備自己是不是太過分了。”

聽到朱老師平靜的敍述，我禁不住熱淚盈眶：“不，朱老師，是您那句話擊打了我的心靈，喚醒了我的勇氣和自信。朱老師，真的謝謝您！”

雖然我知道，朱老師從不曾期待我的一聲謝謝，但我卻因此而更迫切地想要表達我的謝意。這次重逢滿足了我的心願。

- 本文以第一人稱的角度，以順敍的手法，敍說了分別多年以後師生重逢的經過，結構緊湊，情節跳躍。在重逢的場景中，作者渲染了溫馨的氣氛，人物對話也洋溢着濃濃的感情。圍繞着朱老師曾經對“我”說過的那句改變了“我”性格和人生態度的話，牽出了一段濃濃的師生情。
- 在文章的行文佈局上也頗具特色。為避免平鋪直敍，作者巧妙地通過人物的語言來寫往事，來表現朱老師對“我”的影響，進而展現了朱老師一顆赤誠的教書育人的心。

先難後易

何其妙

從考官手上接過“汽車路試”成績表，就預示着我順利過關了。這時，我才敢相信教車的師傅真是了得。

第一天上課，師傅將車開到了車如流水的馬路口。下車後，他像紳士一般地將我請上駕駛座，說；“扳下手掣，你可以開車了。”我可是還從來沒有駕駛汽車上過路的人啊，怎麼他……我愣在原地，可他已經坐在了我的側面。整個過程很艱難，我手忙腳亂、膽戰心驚地把握着方向盤，師傅則從容地在旁邊指導。有好幾次險象環生，都好在師傅技術純熟才化險為夷。

我驚魂稍定。他氣定神閒地對我說：“我駕車三十年，現在只給你上三十節的課，你可能學到了我十分之一的經驗。有十年開車經驗，你可以考試及格。”

師傅的教學方式和旁人不同，一般教車師傅都會以考試為導向，每節課都讓學生在考試指定的行車路線上操練。用這樣的方式訓練出來的一些人，考試及格後，還是沒有信心開車上路。可我的師傅說：“我是教你駕駛，不是教你考試。”每節課，他都帶我開往車多人多的地方，令我膽戰心驚。真正到了考試那天，我發現考試路線原來比我平日的行車路線簡單得多！

我拿着成績表，腦海中又浮現了師傅那嚴肅而認真的臉。這時，我才真正體會到了師傅的良苦用心：先難後易，吃苦在前，才能有備無患啊！更何況，這駕車是關係到自身和他人生命安全的事呢。

- 文章講述的是作者的學車經歷，塑造了一位嚴厲而負責的教車師傅形象。文章開篇採用了倒敍的手法，並且做到了首尾呼應，結構緊湊。作者詳寫了第一次上課時發生的事情，其餘部分則一筆帶過，使文章有詳有略，疏密有致。
- 從文風上看，文章沒有一般記敍文嚴謹的四部曲，也沒有複雜的故事情節，只是將事情原委絮絮道來，給人一種平和而真實的感覺。作者也沒有刻意去抒情，只是以可信的事實來表現師傅的嚴格和負責，但是正是如此，卻更加能表達出作者對師傅的感激和尊敬之情。

第四章

要講究文采

文采是指文章中表現出來的典雅、豔麗、令人賞心悦目的色彩和風格。一般來説，一篇文章的文采主要通過它優美的語言而得以表現。

文采斐然的文章能給人以美感，能激發讀者的閱讀興趣，所以，文采對於文章來説非常重要。那麼，怎樣才能使一篇文章具備斐然的文采呢？修辭手法的運用是非常重要的。

常用的修辭手法有比喻、擬人、借代、反問、誇張、雙關、疊字、反覆、對偶、排比、設問等等。每一種修辭手法都有一定的作用，能使文章生色不少。如比喻，可以細分為明喻、暗喻、借喻，使用比喻修辭，能使所刻畫的事物有一個生動、鮮明的形象。又如誇張，無論是誇大還是縮小事物的形象、數量、作用等，都可以起到強調的作用，使人有一個深刻的印象。在寫作的過程中，多運用一些修辭手法可以收到更好的表達效果。另外，靈活運用各種表達方式，如記敘、描寫、議論、説明、抒情，也可以使文章搖曳生姿。除此之外，根據表達的需要，靈活地使用長短句；選擇詞語時，適當選用一些大家不常用的陌生詞；把語言按照韻律組合起來，使它們唸起來琅琅上口，富有音樂的節奏；不時地幽默一下，使閱讀變成一件快樂的事情；在結尾處，可以寫一些富有哲理的話語，以使讀者產生情感上的共鳴等等。以上這些，都不失為增加記敍文文采的好方法。

總之，一篇文章要有不一般的文采，才可以體現其內在的氣質，達到更進一步吸引讀者的目的。

文章題目	表達方式	修辭手法	文采特點
和老師散步	詳略得宜	引用	詩意盎然
可愛的"冷面劍客"	動靜結合	對比	形象生動
我的極品老師	各種修辭手法相結合	誇張、排比、引用	準確生動
茶致	過渡自然	引用	幽默風趣
爬山	各種表達方式相結合	引用、疊字	形象優美
弟弟的夢想	詳略得宜	比喻、對比	親切活潑
我終於懂得了	各種表達方式相結合	借喻	簡單親切
畢業留言	順敘與插敘相結合	對比、誇張、引用	細膩生動
目光	動靜結合	對比、誇張	流暢瀟灑
鋼琴家的老師	心理變化的描寫	反問	細緻準確
玉的琢磨	詳略得宜	比喻	生動活潑
純者如斯	記敘與議論相結合	疊字、比喻	簡單、無矯飾
目光的溫度	敘事與抒情相結合	排比、比喻	灑脫自然
煙斗	詳略得宜	擬人	真誠優美
朝三暮四	詳略得宜	比喻、反問	活潑生動

和老師散步

歐美好

"靜靜地佇立在籬笆前 / 你綻開了雋永的微笑 / 驚異於你的美 / 我一時無語 / 我聽到你在吟唱 / 一首不知始於何時的歌 / 面對你 / 我深深地彎下了腰……"

老師輕輕地唸完這些詩句，回過頭朝我説道："這是越南詩人寫的一首詩，描寫的是大麗花。那是一種在越南每天都能看到的普通的花，但是人們很少注意到它的美。那天早晨，當用一種如同嬰兒般純淨的眼神去看這種花，將自己完全投入到自然的懷抱中時，詩人就體會到了這花朵的美。"

我仔細地聽着，原本灰暗的心情忽然變得明淨起來，同時也明白了老師想説的道理：很多時候，自己感覺到與他人、世界格格不入，並不是因為世界不美好，而是因為我們的眼睛不再簡單純淨，而有了太多雜色。

想到這裏，我朝老師笑道："我希望我明天一早起來，也能看到一朵美麗的大麗花。"

老師笑着點點頭。

我是個寄宿生，晚飯後與老師漫步黃昏已經成了我的習慣。每一次，當感到灰心、沮喪的時候，我總愛和老師聊一聊。而每一次"聊一聊"之後，我整個人就會清醒很多，也輕鬆很多。老師已經退休了，經常在家裏吟詩作畫，在院子裏養一些花草蟲魚，生活倒也恬淡。老師的家與校園僅一牆之

隔，中間還有個拱門相通，因此也就成了許多對他敬慕有加的老師和同學修身養性的最佳去處，其中包括我。每一次，走近老師，我總被他身上的那種超脫、淡然所打動；與老師交談，永遠是一種精神上的享受。在這裏，我不斷學到人生的智慧和生命本有的單純。

這樣想着，不知不覺已經走進了老師的書房。只見裏面的一張條幅寫着：淡泊以明志，寧靜以致遠。這，大概就是老師的最好寫照吧！

- 本文主要寫了“我”和老師散步的故事。老師飽含人生智慧的話語，使“我”受益良多，也使讀者感受到老師博識而淡泊名利的高尚人格。
- 開頭和結尾引用修辭手法的運用，使文章的語言精美而詩意盎然。“靜靜地佇立在籬笆前 / 你綻開了雋永的微笑”，作者將大麗花的哲理用優美的詩化語言告訴我們，用“如同嬰兒般純淨的眼神去看”，是我們觀照人生應有的態度。結尾用“淡泊以明志，寧靜以致遠”為老師畫像，形象地表現了老師的精神境界，揭示了文章主題。
- 文章詳略得當，行文如行雲流水，夾敘夾議，給人一種美的享受，其中的哲理也引人深思。

可愛的"冷面劍客"

何其趣

張老師長得魁梧，一米八的個子，臉上留着絡腮鬍子。他為人認真嚴肅，不論是在上課還是課後，表情一貫"冷靜"，於是被同學們戲稱為"冷面劍客"。

學校舉行的中學生籃球比賽，中三班對中二班已經進入了最後的關鍵一戰。下午 2 點，籃球場邊，已經聚滿了前來觀戰的老師和同學。突然，在喧嚷的人羣中，有細心的同學發現了"冷面劍客"的身影，他依然"冷"着臉。

曉峰是中三班籃球隊的種子選手。只見他一個漂亮的假動作，閃過了對方的防守，轉身投籃，命中。緊接着，全場掌聲、歡呼聲雷動。站在"冷面劍客"旁邊的同學發現，曉峰投籃的時候，他一直緊緊地握着拳頭。

比賽越來越激烈了，中二班的反攻來勢兇猛，竟然有反超的趨勢！這可急壞了在場邊加油的中三班的同學。他們自發地形成了一個啦啦隊。令人驚訝的是，"冷面劍客"居然也加入了啦啦隊的行列。他有些激動，臉上不再冷漠，大聲地呼喊着："加油！"

訝異之餘的中三班同學，圍在"冷面劍客"，不，是圍在張老師周圍，一起激動地為籃球運動員加油。原來，"冷面劍客"並不冷，只是老師和同學之間的距離太遠了。走近了，就能感受到溫暖。

- 本文以第三人稱的角度描述了一場校內籃球比賽。通過寫在這場比賽中，同學們對張老師這個“冷面劍客”形象改觀的過程，表現了“冷面劍客”可愛的一面。
- 一開始對張老師外貌、性格的描寫，成功地在我們的眼前呈現出一個不苟言笑、拒人千里之外的人物形象，似乎能讓人感覺到，一個這樣嚴肅的人，是沒有甚麼能令他動容的。隨着比賽的激烈進行，在一旁觀戰的張老師“一直緊緊地握着拳頭”，後來又“加入了啦啦隊的行列”，表情也不再冷漠，原來張老師是“外冷內熱”啊。通過這種欲揚先抑，形象生動的前後對比，張老師的形象顯得更加豐滿。作者正是用這樣形象生動的語言進行細緻的勾勒，來使故事情節跌宕起伏，扣人心弦，也使文章很有感染力，使讀者如同身臨其境。

我的極品老師

秦欣

在求學路上，我遇見過很多個性鮮明的老師。其中有風趣機智型，有可愛樂觀型，有慈愛無私型，但最令我難忘的是陳老師——一個不折不扣的嚴厲督導型老師！——連帶他那句“謝謝可愛的你們”。

在他的課堂上，沒人敢隨便開小差；他提出的問題，沒有人敢不認真思索。否則，他如鷹一般鋭利的目光“掃射”而來，殺傷力非同小可！這些都只有“有魅力”的他才能做得到。要知道，在其他老師的課堂上，我們自由得就像進了菜市場。

事實還是證明了“嚴師出高徒”的正確！嚴苛的“陳氏教學法”，讓我們的語文成績“芝麻開花——節節高”；更讓我們班級在古典詩詞背誦大賽上一鼓作氣，捧回了冠軍獎盃。還記得領獎時，淘氣的我們歡呼着把他擁上了領獎台，結果他用嘶啞得幾乎聽不清的聲音艱難地説：“謝謝可愛的你們，謝謝可愛的你們……”

不是這樣的，説謝謝的應該是我們，是上課講小話影響老師情緒的我們，是下課翻雲覆雨打打鬧鬧的我們，因為是他用嘶啞的喉嚨換來我們的獲獎。此時此刻，我們才深刻體會到陳老師是多麼的辛苦；此時此刻，我們才感覺到自己並

不是那麼可愛的人。這個人應該是他——我們的極品老師，他才是最可愛的人！

- 這篇記敘性隨筆，以輕鬆歡快的筆調回憶了陳老師，突出了他對“我們”實行的嚴厲的“陳氏教學法”。正是這種獨特的教學法，最終令“我們”取得了優良的成績，同時感受到了老師的可愛、可敬。
- 文章對老師個性的刻畫比較成功，這主要通過各種修辭手法的運用來實現。第一段用了排比修辭，突出陳老師是嚴厲督導型的。第二段用的是誇張修辭，“否則，他如鷹一般銳利的目光“掃射”而來，殺傷力非同小可！”，突出“我們”對陳老師的“畏”，從側面烘托出他的“嚴”。第三段引用修辭的運用，突出了陳老師“嚴”的成果。
- 語言的另一特色是通過引用歇後語，來使語言活潑生動。“掃射”、“殺傷力”、“魅力”等詞語，形象地表現出了老師動作之銳利，既豐富了老師的性格，詼諧的語言也讓讀者忍俊不禁，同時深深地感染了讀者。

茶致

林穎雯

酷愛品茗的張老師，一走進新建的、富麗堂皇而不失雅致的茶樓，就立即被侍應問也不問地帶入了一個精緻的雅座。張老師不禁納悶了："自己是第一次來這裏，怎麼得到如此的款待？莫非他們的收費……"

正想着，門外有人說："哈哈，果然不出我所料，您是一定會來我的茶樓的。我早就將您的照片讓每個侍應看過了，只要是您來這裏，就必須按最高等級的服務來接待！"那個人邊說邊撩開門簾，走了進來。張老師一看，原來是自己以前的學生江濤。

兩人坐定後，張老師不禁回憶起了許多年前的一幕。

"不要悲傷，不要心急，憂鬱的日子需要鎮靜，相信吧，快樂的生活終將來臨。"張老師背誦了名作《假如生活欺騙了你》的一句，拍了拍趴在桌子上冥想的江濤。

"張老師，這話怎麼聽起來挺損的？"江濤開玩笑地說。

"呵呵，損的就是你。"張老師比他大不了幾歲，"損你又怎麼了？成天只知道鬱悶鬱悶，抬起頭來嘛。'安能摧眉折腰事權貴，使我不得開心顏'！"

"開心顏……"江濤摸了摸臉，說，"張老師，我成績不行，體育不行，你叫我如何'開心顏'嘛？"

"你……'只緣身在此山中'啊！"張老師覺得他才氣縱

橫，“你的古文可是全年級第一喲。一個人不可能甚麼都行的。只要能堅持自己的愛好，你就前途無量了。”

張老師的話像一股清泉，讓江濤恍然大悟。他不是對文學特別感興趣嗎？特別是中國古典文學，他已經不知道在這上面花費了多少時間了。事實上，他已經做出了成績。所以，他下定決心，要專注於文學的探究上。

“茶道可是真正的中國古老文明的一種傳承。”還在沉思中的張老師被江濤的話語喚醒了，“這是茶樓開張後，我第一次為別人沏茶。現在，我要敬老師一杯！”。

張老師毫不客氣地接過茶杯，細抿一口，啊，清醇可口……

- 故事在酷愛品茗的張老師和“早有預謀”的江濤之間展開。文章中兩人充滿詩意的對話，清醇可口的一杯茶，引出了老師對學生的啟迪，塑造了一個關心學生、語言幽默又不失才華的老師的形象。
- 文章取材別有新意，過渡自然。第三段作用是過渡，把讀者帶到許多年前，“還在沉思中的張老師被江濤的話語喚醒了”，也是過渡，把讀者從許多年前拉到現在。
- “安能摧眉折腰事權貴，使我不得開心顏”，“只緣身在此山中”等古語的靈活引用，不但使語言頓時幽默風趣了很多，而且既含蓄又形象具體，對於構造張老師這個隨意灑脫而又才氣縱橫的形象起到了很好的作用。

爬山

廖芬芳

一天，為了讓我們能夠領會甚麼叫做唐宋詩詞裏的“山林氣”，六十多歲的教授帶着我們去爬山。

上山的小路雖然鋪着青石板，可是他爬得還是有點吃力，不時停下來歇一歇，大口地喘着氣。我們伸出攙扶的手，卻被他拒絕了：“不用，不用，我還年輕呢，這不算甚麼……”

爬到半山腰，有一個四四方方的台子，上面有一些石桌、石凳，剛好能容下我們這三十來個人。教授看了看，說：“就這兒吧。”於是大家都停住腳步，在石凳上坐下，打開書本，聽起課來。

在講課的過程中，整個山林，習習清風吹過，只聽松濤陣陣，書聲琅琅。教授說：“感受到山林的味道了麼？”

我們點點頭。

“王維有一首詩裏寫道：‘獨坐幽篁裏，彈琴復長嘯。深林人不知，明月來相照。’那種深山茂竹裏的幽幽琴聲，那種如水般流瀉的淡淡月光，都體現出一種寧靜而清遠的‘山林

氣’。只有在遠離喧囂俗世的山林中，詩人才可淋漓盡致地體現出他那崇尚自然、恬靜散淡的超脫情懷……”

就這樣，教授一首詩一首詩地講解下去。他的眼裏不時流溢出一種光輝，其中包含着他對那個如詩如畫時代的悠然嚮往。在他的講解下，我們只覺得整個山林都“活”了，彷彿回到了唐宋，回到了那種“人閒桂花落，夜靜春山空”的古典情境中。

我想，教授一定是將學問和自己的理想追求緊緊糅合在一起了，才為我們打開了一幅如此美好的唐宋山林畫卷吧。看來，我們已經進入了詩中的境界，不然，為何大家都聽得如此沉醉，以至都不知日已西斜了呢？

- 本文通過記敘教授帶領學生爬山以體驗詩詞中的優美境界一事，刻畫出了一個教授在傳授知識時的睿智和良苦用心。
- 文章各種表達方式相結合，既敘事，又抒情，既寫人，又寫景。“在講課的過程中，整個山林，習習清風吹過，只聽松濤陣陣，書聲琅琅”，通過疊字修辭的運用，使這種景致好像一幅風景畫，優美而形象。“我們”在山間行走，循着教授的指點，尋找“山林氣”，王維詩歌的引用，令讀者更能感受到詩中寧靜悠遠的境界，在語言中營造出一種濃厚的文化氛圍。

弟弟的夢想

何其趣

弟弟很調皮，自號"飛天蜈蚣"。他經常不好好上課，讓老師感到頭疼。為此他沒少捱媽媽的罵。

這天，我正在看電視，只聽弟弟"砰"的一聲衝進來，興奮地朝我揚了揚手中的作業本："姐，我的作文得了A哦……"

我頭都沒抬，鼻子裏"哼"了一聲，說："就你？少吹牛吧……"

見我不信，弟弟急了，走過來"啪"的一聲把電視關了。沒辦法，我只好接過他的作業本看了起來，上面果然有個鮮紅的"A"。我驚訝地說："哎呀，甚麼時候太陽從西邊出來了？"再一看，弟弟寫的是《我的夢想》，足足有七頁紙。我一邊看一邊"哈哈"地笑起來。原來，弟弟的夢想是未來有一天他能親自策劃奧運會，他要讓奧運的聖火在太空中熊熊燃燒，要讓那些貧窮國家的人，那些殘疾的人也能公平地參加比賽……

正在我笑得快要流出眼淚的時候，弟弟一把奪過作業本，氣憤地說："有甚麼好笑的，這可是我的真實想法！"

"你不覺得太不切實際了嗎？誇誇其談……真不明白老師怎麼會給你打個'A'！"

這時，媽媽聽見了我倆的爭吵，走了過來。她拿過弟弟

的作業本，仔細看了看，笑着説："不錯啊，寫得挺好呢！這才是好老師呀，尊重學生，鼓勵他們去追尋自己的夢想，而不是打擊和嘲笑……"

聽了媽媽的話，我臉紅了。是啊，我的老師不也曾經鼓勵我們要有夢想嗎？還説夢想會為我們贏得掌聲呢。弟弟有這麼好的老師，他"飛天蜈蚣"的夢想可能還真能帶着他一飛衝天呢！

- 文章通過寫大家對弟弟《我的夢想》所持的不同態度，從鮮明的對比中凸顯出一個好的老師對於學生夢想的尊重與鼓勵。
- 文章抓住"我"和弟弟爭辯的"特寫鏡頭"，展開描寫，語言的火花在對話描寫中迸發出來。"我"對於弟弟的作文不屑一顧，看過弟弟的作文之後，還要冷嘲熱諷一番，"你不覺得太不切實際了嗎？誇誇其談……真不明白老師怎麼會給你打個'A'！"。弟弟氣憤地說："有甚麼好笑的，這可是我的真實想法！"這些生活化的語言，生動地刻畫出了姐弟之間親切頑皮的生活化場面，使文章充滿了趣味，讀來讓人忍俊不禁。將弟弟比作"飛天蜈蚣"，寫得生動可愛，使文章的語氣更加活潑、調皮，又貼近生活，讀起來令人感到親切。
- 文章在篇幅的安排上，詳寫"我"和弟弟鬥嘴的過程，略寫老師對弟弟的肯定。這正從側面烘托了老師對學生的鼓勵和尊重，在一片歡笑聲中體現了"愛生"的主題，使文章眉目分明，童趣十足。

我終於懂得了

翁美美

這條路好長啊，我走了好多年了。剛來到一個中點站，還沒來得及好好休息，就在匆忙中又要上路了。肩上還背着那麼沉的包袱，好想一腳就跨到下一站，好好輕鬆一下。可這是條前不見頭，後不見尾的路啊，稍微停留一會，別人就會趕超過去了。除了繼續前行，我沒有辦法。

“呵，小姑娘，你太累了。”一把聲音在耳邊響起。我循聲望去，一個中年婦女出現在我身旁。“要不要我來幫你快點到達下一站？”她笑着説。“嗯！”我欣然答應，於是繼續前行。

“你為甚麼背個這麼沉的包袱呢？放下不行嗎？這樣走很累的。”她對我説。

“不知道，這裏面裝的是媽媽的囑託，還有爸爸送我上路時期待的目光。”

“可是你只要把它們記在心裏就夠了，不用背着它們，這樣很難達到終點的，知道嗎？相信我，應該輕裝上陣的。”她還是那麼溫和。我聽話地放下了包袱，繼續前行。

我問她應該怎麼稱呼，她讓我叫她周老師。突然，我被一塊石頭絆倒了，倒在地上。雖然很疼，但是躺下的感覺很好，我不想起來了。

“快起來，你沒看見後面有很多人追上來了嗎？想想你以

前袋子裏的東西，來，起來。”我抓住她伸過來的手，起來，帶着傷繼續前進。

不知道走了多久，我終於看到了下一站的亮光。

“你應該衝刺了，不要顧慮，去吧！”

我照做了。正因為這樣，我今天才能站在這個廣闊的舞台上。太好了。

“你要冷靜，你的前面還有很多站。它們或許更輝煌，不滿足是向前的動力，懂嗎？”

一語驚醒夢中人。我終於懂得了，前進的路上要永不滿足。告別了這站的輝煌，我又開始了艱難的跋涉……

- 本文通過寫“我”求學路途的某一階段受到了周老師這樣一位慈祥而嚴謹的老師的教誨，最後終於“站在這個廣闊的舞台上”，讓讀者懂得了人生是一個不斷求索、不斷奮進的過程。
- 從總體上來說，本文語言簡單樸素。作者使用借喻的手法，將學習的每一個階段比作長長的車站，而老師就是送“我”達到下一個車站的領路人和鞭策者。“我”的肩上背着沉沉的包袱，那裏面裝着父母的期望和目光，使“我”更加步履維艱，而周老師在“我”最需要幫助的時候，給了“我”指引和鼓勵，她的每一句話都充滿了對學生的關愛之情。
- 文章的深刻寓意也在這些慈愛的語言中細細地流淌出來，令全文的主題表現得既含蓄，又深刻，入情入理。

畢業留言

林少微

從李老師手中接過留言本的時候，我心裏忐忑不安：他會寫些甚麼呢？

這幾年的中學生活，他從來沒有誇過我，一直都是："怎麼這麼粗心呢？居然把明明思路正確的題目給做錯了！""回去想想，怎麼還是沒有進步！"等等。就是在我做得最好的時候，他也頂多微微笑一下，最後還加上一句："繼續努力！"我也曾想過放棄，可每次他總能及時"逮住"我："就這個樣子啊，還想考大學？"一聽這語氣，我身體裏所有的力量都被激發出來了——絕對不能讓人看扁，尤其是他！於是，我又拿起厚厚的書本啃起來。

現在，要畢業了，儘管考上了一所比較好的大學，我還是不想去找他。反正他一直不喜歡我。我一邊想着，一邊打開留言本，只見上面寫着：

"祝賀你能如願以償地考入自己嚮往的大學。這幾年，你一直做得很好，沒有讓老師失望。但一定要記住，進入大學僅僅是人生的開始，不要從此止步不前——唯有虛心向上的人才能走得更遠。"

看到這裏，我心裏慚愧極了：原來，老師一直是愛護我的！我立刻掉頭往李老師的辦公室跑去——無論如何，我還欠他一句"謝謝"呢。

- 本文通過畢業留言，將“我”對老師前後不同的態度和感情進行了生動細膩的刻畫，從側面體現出了李老師對“我”的關愛，使讀者感受到老師的良苦用心。
- 文章的語言雖然不算華麗，但平實中自有華彩。在敍述順序上，文章開頭本是順敍，又插敍“我”拿到留言本時，頭腦中浮現的令“我”難堪的往事，這主要通過引用老師的話來敍事。老師的煞費苦心，讓“我身體裏所有的力量都被激發出來了——絕對不能讓人看扁”，這誇張的孩子氣的語言展現出了師生之間的“矛盾”。其實，李老師的嚴厲恰恰也成為了“愛學生”的最好體現，使原本平凡的故事也顯出深意來。

鋼琴家的老師

金文泰

朋友家舉行小型音樂會，來了一位世界著名的華人鋼琴家。

鋼琴家穿着燕尾服，像紳士一般步向鋼琴。他深深地吸了一口氣，鞠躬後坐下。演奏完，掌聲雷動時，他說："像我以往的每場演奏一樣，剛才的第一首曲子，獻給初教我鋼琴的老師。"

音樂聲像清泉一般流過我的心房。我想，那個能有幸教會他彈鋼琴的人該是誰呢？

又一曲終了。鋼琴家再次鞠躬後，在雷鳴般的掌聲中慢步朝着我這個方向走了過來。我很緊張，彷彿心都要跳出來了。因為在這個小鎮上，我的鋼琴演奏也是公認名列第一的，難道鋼琴家想要與我合奏？

走到我的面前，只聽見鋼琴家恭敬地對坐在我旁邊的雷諾先生說："老師，我能有幸與您再度合作一次四手聯彈嗎？"

雷諾先生微微頷首，在鋼琴家的攙扶下，走向了鋼琴。

我的心被完全震撼了！雷諾先生就是我現在的鋼琴教師呀，可我從來沒有如此恭敬地對待過他，我一直以為他不過是個平庸的鋼琴教師而已。大家都知道，鋼琴家每場演出的第一首曲子，都是獻給自己老師的。因此，許多曾經與鋼琴家有過接觸的人，都誇張或含蓄地表示，這個老師就是自己。

可雷諾先生卻從來沒有提起過，自己曾經教導過一位如此出名的鋼琴家。

一夜的不眠。第二天我如期地走進自己的琴室，只見雷諾先生一如既往地又坐在那裏等我了。我疾步趨前，緊握着雷諾先生的雙手，表示敬意。這時，我深深體會到，師恩如海。不是雷諾先生的諄諄教誨，我又哪能有今天在鋼琴方面的點滴造詣呢？

- 著名鋼琴家將第一首曲子獻給自己的老師雷諾先生，並謙卑地邀請老師四手聯彈的舉動，促使“我”認真地反躬自省。本文細緻刻畫了這次跌宕起伏的過程，頗能感動人。
- 反問是這篇文章中成功運用的手法，“不是雷諾先生的諄諄教誨，我又哪能有今天在鋼琴方面的點滴造詣呢？”以這樣發人深省的反問收束全文，感情強烈，留給讀者無限的思考空間。
- 文章在對人物心理的刻畫上，語言平實而尖利。“我”看到鋼琴家朝自己走來，本以為自己會被邀請，因而緊張激動。“難道鋼琴家想要與我合奏？”誰知“鋼琴家恭敬地對坐在我旁邊的雷諾先生說：‘老師，我能有幸與您再度合作一次四手聯彈嗎？’”“我”的心裏再次受到撞擊和啟發，從而自然而然地產生對“尊師”的領悟。作者善於捕捉人物的心理變化，用感情真摯的語言對此進行了細緻貼切的描寫，文章的文采便在心理變化中一一體現了出來。

玉的琢磨

王雅芝

整個體育館彷彿是一隻巨大的煮沸的水鍋，我置身其中，覺得激情在身體裏迴蕩。

這是一場高中生籃球聯賽最後的決賽。兩支球隊勢均力敵，賽事只剩下最後的幾秒鐘了，可比分仍然持平。這時候，向北高中的隊員犯規了，緒方高中贏得一次投球機會。我不禁倒吸了口冷氣，如果這球一投中的，緒方高中就贏，否則進入加時賽，那可就前途未卜了。緒方的教練出了名的冷酷，對待隊員從來不會留情。由此可知，那個主罰的男孩，此時的內心將是何等的緊張。我想，對於那個總是板着一張冷臉的教練，緒方的隊員們也不會真心地尊敬他吧。

那個主罰的男孩始終站在罰球線後不斷地拍打着籃球，想必他的內心也緊張極了，因為這畢竟是關乎結局的最後一球啊。忽然，他出手了！我還沒有緩過神來，人羣已經爆發出了熱烈的掌聲，裁判吹起了結束的哨聲。這時，只見那投籃的男孩掙脱所有人的擁抱，疾步跑向了一個頭髮花白、瘦削而充滿力量的冷峻男子。來到他的面前，男孩對着他深深地鞠了一躬，然後返回到了仍在歡呼雀躍的人羣中。

身旁的同學疑惑地嘟嚕着："難道這冷酷教練平時對他們還不夠嚴厲嗎？他怎麼首先想到的，會是去向他致敬呢？"

我忽然想起，自己曾經看到過的玉器的琢磨過程。一塊並不起眼的璞玉，經過玉工細細的雕琢，最後變成晶瑩璀璨的美玉。緒方教練其實就是一個不苟言笑的玉工啊，孩子的成才哪能忽視他的功勞？這一點，孩子們自己是懂得的。

- 一場激烈的籃球賽，體現出學生對冷酷教練深深的感激，說明了師生的關係如同玉工和玉的關係：玉不琢不成器。
- 本文運用了比喻的修辭手法。第一句話"整個體育館彷彿是一隻巨大的煮沸的水鍋"，生動、準確地突出了比賽現場熱烈緊張的氣氛。作者把教練比作玉工，將學生比作璞玉，將教和學的過程喻為雕琢。"一塊並不起眼的璞玉，經過玉工細細的雕琢，最後變成晶瑩璀璨的美玉"，比喻生動而具有形象的淺近性。文章的語言生動活潑。文章詳寫比賽的過程和結果，在最後一段才提出玉工和玉的關係，深化了文章的思想，寓意深刻。

純者如斯

容安然

教我們戲曲的賀老師，小小的眼睛，中等身材，雖然五十多歲了，臉上卻沒有皺紋。她唱起戲曲來嗓音甜美清潤，格外動聽。只聞其聲不見其人的話，你一定會以為那是一位年輕的女老師在用她那抑揚頓挫的嗓音在教演唱課呢。

記得有一次，賀老師和我們並排坐在樟園的石凳上，從"粵語歌壇的光輝二十年"到"楚魂戲劇社的光榮歷史"，大家很有興致地聊起天來。說到激動的地方，賀老師的小眼睛靈光一眨，像閃光燈一樣，把我們的思緒也不知不覺地帶到那個奇異的世界裏。

看到我們聽得入了迷，賀老師便決定唱一段戲曲給我們聽。這使我切切實實地領略到了中華文化的絢爛多姿。她幾十年的學問修為就這樣融為智慧之光，傳遞給了我們。

時間在不知不覺中流去。臨別時，賀老師搓搓手說："哎呀，如果早做準備的話，其實我可以唱得更好，更精彩一些的，哈哈。"這時，賀老師儼然是一個表現慾極強的孩子，在為未能淋漓盡致地表達而惋惜不已。

在戲曲的世界裏，賀老師就像一個孩子一樣，保持着永遠向上的追求心態，在教師的崗位上默默耕耘出一方淨土，激發着我們對戲曲的嚮往和探索。我記住了她的一句話，如果有準備，她會唱得更好。不錯，凡是做事，百分之百的準

備者才有信心。一葉知秋，一語知人。從上面那句話，也可以看出她的為人。她簡簡單單卻是透透徹徹，真真切切。純者，如斯。

- 這是一篇記人的文章。記敘了師生在樟園的一個對話片段，最後以簡單的“一語知人”一語道出賀老師是一個純粹的、德行兼備的教師。
- “說到激動的地方，賀老師的小眼睛靈光一眨，像閃光燈一樣，把我們的思緒也不知不覺地帶到那個奇異的世界裏。”一個簡單的比喻，就將賀老師善於引導學生的智慧表現得活靈活現。疊字修辭手法的運用，如“簡簡單單”、“透透徹徹”、“真真切切”則強調了老師的“純者”形象。
- 文章對於老師的語言描寫質樸、簡單，如“哎呀，如果早做準備的話，其實我可以唱得更好，更精彩一些的，哈哈”。這些語言描寫，對賀老師的形象是一個無矯飾的真實的寫照。結尾一段為議論，跟上文的記敘融為一體。

目光的溫度

何其妙

老師，很多人都說您老了，您步履有些蹣跚；老師，很多人都說您老了，您身板不再硬朗；老師，很多人都說您老了，您眼睛有些混濁。但是，每當凝望您那混濁的眼睛時，我總能感覺到您目光中的溫度。

我還記得兩年前參加全港中小學生演講比賽的事。因為緊張，我表現失常，名落孫山，辜負了全校師生的期望。正當我傷心難過時，您向我投來了溫暖的目光。那目光猶如春天的和風，給我無盡的安慰。

我還記得去年參加了班級籃球隊的事。在全校籃球比賽中，當我投進第一個球後回頭望您的時候，您向我投來了熱烈的目光。那目光猶如夏日的豔陽，給我鼓舞。

我還記得一個月前為了父母之間的恩怨而愁得焦頭爛額的事。當我把心中的苦惱傾訴給您的時候，您向我投來了輕柔的目光。那目光猶如清爽的秋風，吹散了我心頭的陰霾。

我還記得，最近我為自己上個學期所取得的成績沾沾自喜時，您向我投來了嚴厲的目光。那目光猶如冬天的寒風，讓我心頭一緊，意識到驕傲只會讓人退步。

老師，您的目光有時是溫暖的，有時又是寒冷的，有時是鼓舞性的，有時又是批評性的。但不管怎樣，它都時刻關注着我，激勵着我永遠向前！

- 文章採用記敘性散文這一文體，以老師的目光為切入點，着重描寫了老師目光的“溫度”。它以一種全新的視角從側面來表現了老師對學生的關懷和教導，傳達了“我”對老師的尊敬和感激。
- 流暢的語言使全文洋溢着溫情。文章比喻貼切而別具匠心，排比則巧妙地利用了春、夏、秋、冬的氣候特徵，灑脫自然，生動具體又不失氣勢。
- 文章緊緊地圍繞“尊師”這一主題來組織材料，敘事與抒情結合。老師目光囊括的意境是無邊無際的師生情。

煙斗

夏松風

海風徐徐，黃昏的海面罩上了一層金色之後就顯得更加慈祥了。經過一個星期的航行，輪船又踏上了歸航。正當沉浸在夢幻般的美好景色中時，我突然看到了船頭臨風而立的船長。

走近船長，他的臉色不如平時那般威嚴，有一種溫和的肅穆。船長手中拿着一個煙斗，看質地，像是有了些年月了。我隨口問道："您用這種煙斗嗎？"

船長搖了搖頭，說："我已經戒煙了。這煙斗是我第一次上船實習時，師傅送給我的。"見我很感興趣的樣子，船長繼續說："當年我剛從輪船學校畢業，上船之後由一位老師傅指導。他很風趣，對人也挺和善，無論你提多麼瑣碎的問題，他都給予詳細的解答。有些操作，他總是手把手地教我。你知道的，對於一個新的航海者而言，經驗是很重要的，可他對我從無保留。"

"看，他最喜歡站在船舵邊，低沉地告訴我們'平靜的海面絕不會產生有技巧的航海者'。他當時的表情至今我仍記得清清楚楚，表情雖然柔和，眼睛卻炯炯有神。"船長回憶着，很快就陷入了對往事氛圍的憧憬，好像此刻眼前站着的就是他的老師傅。

"船長，您的老師傅會以您為榮的。"我說。

船長歎了口氣，說：“可惜啊，老師傅看不到這一天了……我一直都沒能親口對他說聲謝謝，只能將這無限的情思寄託在這個煙斗上。”說完，撇下我，船長逕自回艙了。

我站在原地，突然間想起了自己過去的老師；也想起了，我從來沒有好好跟他們說過一句感謝的話。

起風了，船正歸航。我知道了，我回到岸上後要做的最重要的事情是甚麼。

- 本篇以一個旁觀者的角度，講述了一個事業有成的船長通過一個煙斗，寄託對於曾經指導自己的老師傅的無限懷念，突出了“我”的反思。
- 本文的語言質樸，卻字字飽含真情。“我一直都沒能親口對他說聲謝謝，只能將這無限的情思寄託在這個煙斗上。”這種優美的追憶，正是師徒間濃濃的情思的表現。一個煙斗包含無盡的懷念，潛台詞引人深思。在船長的話啟發之下，“我”終於醒悟起來，於是決定向老師表達內心的感激。文章第一句用的是擬人修辭。

朝三暮四

何其妙

那是新語文老師上課的第一天，我們都好奇地等着。

上課鈴剛響，門準時打開，走進來一位戴眼鏡的文弱書生。他作了簡單的自我介紹後，說："你們今天想學寫作還是想聽我講解課文？"看着我們疑惑的表情，他笑着說："不選的話就上作文課了。"可這時的我們卻一致地說："課文，課文。"課文可比寫作容易多了，誰願意上作文課呀？結果這一節課，我們就像是撿到了甚麼便宜似的，開心地上完了新老師的第一節課。

在後來的日子裏，我們開始期待上語文課了。語文老師除了講課風趣幽默，更重要的是，他給了我們自由的選擇權力。有時候，按照課程計劃明明是要寫讀書報告，可一到上課，他又任我們選擇是寫讀書報告還是寫遊記。我們則高興地嚷嚷着"寫遊記"，並為終於可以逃避寫讀書報告而高興。他也總是笑瞇瞇地開始在黑板上佈置寫作題目。

下課時，他又對我們說："明天測驗好嗎？還是寫讀書報告？"……

一個學期下來，我們班語文成績上升不少，連那些偏科的同學也不再覺得上語文課是件難以忍受的事情。我在別的班級的朋友總是向我抱怨上語文課累，學的東西太多太難，可我卻並不覺得上語文課有這麼辛苦。其實我們班學的內容

和別的班基本上是一樣的，但是大家的感受為甚麼那麼不同呢？仔細一想，原來是語文老師利用了我們的比較心理，從而激發了我們的學習興趣。他這"朝三暮四"的絕招還真管用啊。

- 這是個很有意思的故事。語文老師巧妙地抓住學生的學習心理，不失時機地激發學生的學習興趣，使學生能夠輕鬆而愉快地上他的課。老師這用心謀劃教學方法的做法，使老師"愛生重教"的高尚品德不言而喻，主題融化在師生輕鬆熱情的學習關係中。
- 文章的標題風格獨具，"朝三暮四"用來比喻老師尊重學生的學習興趣的自由的方法，形象而活潑。
- 文章詳略得宜，運用一個特寫鏡頭——第一節課，結果"我們就像是撿到了甚麼便宜似的，開心地上完了新老師的第一節課"，語文老師的策略初見成效。對於老師後來的策略，作者用概括的語言寫到，"語文老師除了講課風趣幽默，更重要的是，他給了我們自由的選擇權力"，將要完成的功課讓學生自主選擇，貌似給了學生"便宜"，結果卻是學生甚麼都學到了。他就這樣前後交換，迷人障目，激發了學生們學習的熱情。
- 文章採用的是第一人稱形式記敘，口氣輕鬆活潑，文風平易近人。

目光

鄭天娜

八十八比八十九，藍隊還落後一分。離比賽結束只剩兩秒的時候，藍隊獲得了一次罰籃的機會。這個球由范超主罰。

賽場的氣氛緊張到了極點。這個球決定了球隊的輸贏，要是沒有罰進——兩秒鐘還能夠做甚麼呢？輸球的壓力像山一樣壓在他的頭上。

更糟糕的是，在全隊體力不支的情況下，即使這個球罰中了，也不過是和對手打平而已。比賽將不可避免地被拖到不可預測的加時賽……誰又能夠把球隊的命運壓在這五個已經汗流浹背，氣喘吁吁的隊員的穩定發揮上呢？

裁判已經把球拋出。球已經到了范超的手中。他習慣性地開始了投籃前的拍球。

球打在地上，發出全場球迷心跳般的聲音。

他出手了，球在空中畫了道弧線——哐噹！球打中了籃筐，彈了出來！這時候，只見范超一個箭步竄了上去，高高躍起搶到了球，用力暴扣，把球乾淨利落地送入了籃筐！這時候，全場結束的哨聲響起！他的最後兩分進球成為絕殺！

爆發過後的他，精疲力竭地跌坐在地，頭卻轉望着站在球場外的"魔鬼"教練。

教練的目光深邃而沉着。他的嘴角上揚，露出自信的微笑。范超明白，如果沒有教練平日堅持不懈地，甚至是嚴苛地對自己和隊友們的毅力和技能的訓練，在這比賽即將結束的一剎那，自己是不可能發揮出最佳效果的。

范超忽然有了一種異樣的感覺，“魔鬼”教練的目光居然是那麼的慈祥。他搖了搖頭，沒錯，慈祥的教練還朝他走了過來呢。“這個球就作為你今天生日送給自己的禮物吧！”教練說。

“不！”范超憋紅了臉，“我要將這個球作為生日禮物獻給您，不管您的生日在哪一天。因為是您，讓我有了勇氣做出剛才的決定。”

- 這篇文章首先是向我們呈現了一個極度緊張的場面。比賽中，范超激動人心的精彩表現，不但扭轉了乾坤，而且獲得了“魔鬼”教練發自內心的讚許，使讀者感受到“魔鬼”教練溫和的一面，從心底油然而生對教練的敬意。
- 文章的語言流暢，帶領着讀者一起細看比賽的進展情況，不斷地將賽場氣氛推向高潮。離比賽結束只剩兩秒，藍隊的命運懸於一球，“這個球決定了球隊的輸贏，要是沒有罰進——兩秒鐘還能夠做甚麼呢？輸球的壓力像山一樣壓在他的頭上”，誇張修辭的運用凸顯了壓力的巨大。

- 作者緊緊抓住范超這最後一球的表現，對他的動作進行了精細的刻畫。“竄”、“躍”、“搶”、“扣”、“送”，一系列的動詞連用，使文章達到了高潮，漂亮地結束了這場扣人心弦的比賽。這些動詞表現出語言的凌厲美，牽引着讀者的目光，營造出了隆重而緊張的場面，成為全文的亮點。這與“魔鬼”教練的冷靜形成了極大的反差，在對比中凸顯了教練的高大形象。